A LITTLE BROTHER TO THE BEAR

小熊弟弟

〔美〕威廉·朗/著

陈娟/译

重庆出版集团 ❂ 重庆出版社

图书在版编目（ＣＩＰ）数据

小熊弟弟 / (美) 威廉·朗著 ; 陈娟译. — 重庆：
重庆出版社, 2022.12
（传世动物文学书系 / 刘丙海主编）
ISBN 978-7-229-17381-4

Ⅰ.①小… Ⅱ.①威… ②陈… Ⅲ.①长篇小说 – 美
国 – 现代 Ⅳ.①I712.45

中国版本图书馆CIP数据核字（2023）第002437号

小熊弟弟
XIAOXIONG DIDI
[美] 威廉·朗 著　陈娟 译

责任编辑：周北川
责任校对：李小君
封面设计：璞茜设计

重庆出版集团
重庆出版社　出版

重庆市南岸区南滨路 162 号 1 幢　邮政编码：400061　http://www.cqph.com
三河市金泰源印务有限公司
重庆出版集团图书发行有限公司发行
E-MAIL：fxchu@cqph.com　邮购电话：023-61520646
全国新华书店经销

开本：787mm×1092mm　1/16　印张：10　字数：130 千字
2023 年 3 月第 1 版　2023 年 3 月第 1 次印刷
ISBN 978-7-229-17381-4
定价：25.00 元

如有印装质量问题，请向本集团图书发行有限公司调换：023-61520678

"传世动物文学"书系（100卷本）简介

　　动物文学资源丰富多彩，被介绍到中国来的外国作品只是其中很小的一部分。到目前为止，图书市场上没有一套成系统、有规模地囊括世界各国动物文学的书系，"传世动物文学"书系就是要把世界各国优秀的动物文学作品，分批次、成系统地介绍给中国的少年儿童读者，让他们对动物文学的多样化有一个全方位、新鲜的了解。本书系计划出版100本。

　　动物不只是冷漠无情、凶猛好斗，它们也有天真单纯、优雅有趣的一面；我们也能发现它们的灵性与智慧，还可感受到它们友爱的家庭氛围，甚至被它们的自我牺牲精神所震撼。动物的世界是人类世界的缩影，动物的生活和人的现实生活一样，有着悲欢离合的故事，也闪烁着打动人的美德。读每一本书就是在森林里上一堂课，从这些森林课堂里孩子们会懂得许多有关人与自然的道理，明白人和动物不是仇敌，而是平等的灵魂。只有理解、尊重并爱护它们，才不会招致它们的误解，才会得到它们善意的回报。

　　让我们走向大自然，走进神秘的动物世界，近距离了解与我们同一片蓝天、同一个家园的朋友——动物。

前言

撒写这本小书并非只为了将我所拥有的简单的快乐与人分享，其具体的内容将会在标题为"观点"的第一章里予以详述，而《小熊弟弟》正文的章节将会进一步地对我的观点进行阐明。

书中内容大部分都源于我自己的笔记或记忆，这些观察跨越了约三十年之久——从我第一次带着孩童特有的那份新奇和兴奋在家乡的林子里四处晃悠的时候就开始了，一直到我在加拿大荒原深处进行的最后一次艰苦的冬季之旅才算终结。其中的有些章节，如《隐士丘鹬》《小熊弟弟》，描述了种类相同的十几种鸟兽的特性；其余的，如《动物的手术》中提到的关于熊与绒鸭的故事，则侧重于描写某些个体动物。大自然似乎将它们的智慧远远地拔高到了同类的平均水平之上，使得它们具有异常敏锐的头脑；而在关于人类默默无闻的小助手蟾蜍的那一章中，为了保证故事性，我将自己在相异的时间和地点观察过的四五只蟾蜍的习性进行汇总，集中到了其中一只的身上。

　　本书采用的千奇百怪的鸟兽名都取自加拿大的本土印第安人，一般都体现了这些动物本身的某种声音或暗示。除非另有明确说明，书中提及的所有事件和发现都是我亲眼所见，并都在后来得到了其他观察者的证实。本书的记录紧贴事实，而我所尝试的，不过是力图让这些呈现在读者面前的动物们一如出现在我眼前时一样有趣。

威廉·朗

1903 年 9 月

于美国斯坦福德

译者序

亲爱的小朋友，如果有一天，一直在钢筋水泥构筑的森林里生活着的你，忽然有机会见识真正的大森林，见到那些你在动画片、绘本里看到过无数次的动物小伙伴的面孔，它们与你想象中的完全不同，甚至与你在动物园里见到的那些无精打采的面孔也大相径庭，你是否会如同发现宝藏一般惊喜？

《小熊弟弟》就是这样一本翻开之后让你大开眼界的宝藏书。翻开它，一片充满生机的大森林便会迎面向你展开它的怀抱。

本书的作者威廉·J.朗是美国鼎鼎有名的自然学家，他热衷于荒野探险，一生中出版了大量和大自然息息相关的小说。在本书中，他将自己多年探险所见的逸闻趣事加以精选，以细腻而又富有童趣的语言，向对大自然怀有憧憬和敬意的人们呈现出一幅极富生命力的画卷。

在这里，我们可以看到浣熊爬到树上掏鸟蛋，蹲在河边摸鱼儿，吃东西前会富有仪式感地把食物放到水里洗一洗，在面临危险时又毫不畏惧，像真正的勇士一样与伙伴共同进退；我们可以看到警惕性极高、像隐士一样神出鬼没的丘鹬，为了寻找食物或逃离危险，丘鹬妈妈会不辞辛劳地带着丘鹬宝宝们搬家，在受伤时，它们甚至会用泥巴给自己打"石膏"，帮助自己的断骨愈合；我们看到善于团体作战、用包围圈猎杀野兔和驯鹿的猞猁；我们看到打洞冬眠的蟾蜍，它吃东西从不挑食，胃口奇大无比，有时还会因为一次吃得太多而被卡在洞里出不来；我们可以看到霸道的大黑熊，没事儿就钻进人住的棚屋里翻箱倒柜找吃的，连人穿过的皮鞋也要拿起来闻一闻；我们可以看到行踪鬼祟的野猫，虽然体格不大，却敢和扛枪的猎人悍然对峙，趁人不备把他们辛苦钓上来的鳟鱼偷偷叼走；我们还可以看到带着熊宝宝摘蓝莓的大熊，因为发现猎物踪迹而高兴得直跳舞的鱼貂，在闲暇之余像人类一样玩类似"丢手绢"游戏的鹿群，等等。

　　小朋友们，如果你也对真正的大自然充满向往，渴望与可爱的动物们亲密接触，不妨关掉电视，放下手机，翻开这本书，和我一起走进这片生机盎然的大森林吧！

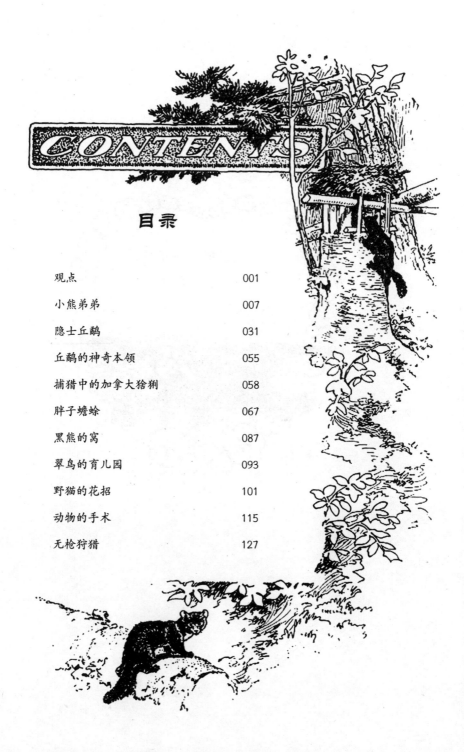

目录

致爱熊的洛伊斯，
谨以此书献给熊和它的
小兄弟。

观 点

　　我所熟知的一位老印第安人告诉我，他曾经在自己的陷阱里捉到过一只母熊。就在同一天，那只母熊的配偶来了，试图拽起那根倒下来压在它后背上的沉重的圆木。遭遇失败后，它便硬闯进了包围圈里。等到印第安人被空中传来的一阵低沉而奇怪的声音吸引，迈着好奇而无声的脚步赶来时，他发现那只熊正坐在它死去的配偶的身旁，把它的头抱在自己怀里来回地摇晃，哀叫不止。

　　作为一名现代自然作家，首先得理解动物们的世界，然后再把自己的发现写出来与他人共享。在这个过程里，有两件事是必须做到的。第一，他必须尽可能地收集第一手事实；第二，在此之后，他得进一步说明自己的头脑和心灵是如何在特定的环境下受到这些事实吸引的。对于孩子们来说，看看动物故事就够了；而且，在受到某种动物生活吸引的情况下，必然会刨根问底地追究个"为什么"及"如何"。因为一桩事实即是一种启示；事实之所以有趣，不是因为其本身，而主要是因为它背后蕴含的，或是以某种方式体现出的法则或生命力。落地的苹果再常见不过了——在有人开始思考它并发现了那条以相同的方式支配着坠落的苹果和星辰的伟大定律之前，太普通，以至于人们对它毫无兴趣。

动物的世界也是如此。颜色、大小和习惯这些常见的事实已经为人所见几个世纪了，但一直并不具备什么意义或趣味性，直到有人开始对它们进行思考，并向我们揭示了物种的法则为止。对大多数鸟兽而言，这些常见的事实及它们的意义如今已经广为人知了，再次对它们进行梳理是一项乏味且费力不讨好的工作。今天，物种的起源及万有引力定律，和蒸汽机、电线和另外那些我们自认为已经了解了的东西一道，已经被归于不需再费神的类别了。与此同时，空气中存在着看不见的准备好了输送我们信息的气流，而太阳也在我们这颗反应迟钝的星球上日复一日地浪费着的能源，足以让我们无须生火。与此同时，动物世界里隐秘而不为人知的秘密浩如烟海，随着自然学者在野生动物本地的栖息地里进行的追

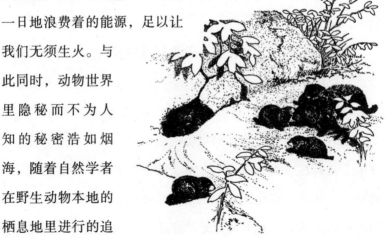

踪，有些事实正在慢慢地浮出水面，人们发现，即便是同种类的动物，个体之间也差异甚大，它们在生活中显出的特点，更是远远地超出了我们想当然地认为它们必然具备的一系列习性所限定的范畴。

长久以来，我们觉得丑陋的电线杆和电线没什么不妥，觉得它们就是通信完美的极限了；我们满足于这样的设想：动物们被某种奇特而不为人知的叫"本能"的东西给支配着，而且所有的本能都是同一类东西，没什么差别。但是，这个结论只不过是看起来像真的而已。给动物命名就已算功德圆满，不需要再多做什么；殊不知，动物的名字或种类并不是它最紧要的东西。当你划定印第安人的种族时，你对他们的了解还远称不上透彻。假如只需要写一本关于人种学的著作，这倒是足够了：达尔文教派的神学者们可能就曾一度满足于此；但印第安人的生活方式——作为一种比其种族更为重要的东西——仍然存续了下来。在经过了长达两个世纪的忽视、迫害或不公对待后，我们才幡然醒悟，意识到印第安人的生命是一项属于人类的非凡财富。他们的医学见解和对神明的思考比他们颅骨的线条更为深刻；他们的传奇、他们那粗犷的音乐和他们皮肤的色彩必须得到解读，而我们才刚刚开始意识到这些更为重要的东西的含义。

所有这些只是一种比喻，并不能证明什么。不过，如果细想的话，这可能意味着，我们在对动物的态度上可能犯了类似的错误。尽管我们宣传着"本能"，命名着它们的种类，但我们并非非常了解它们，我们永无休止的杀戮导致它们从地球表面消失得——就像我们曾对可怜的贝奥图克人所做的勾当一样——也并不全都名正言顺。动物的毛皮和羽毛下隐藏着的是它们的生活方式；有一些观察家逐渐发现，动物们那隐约地折射着人类自己那孩童般的原始时期的生活方式，对人类而言是一笔巨大的财富。有些动物善规划，能盘算；即便这种数学再怎么基础，也很难将它称之为本能。有些动物会筑坝，会修渠；有些有着明确的社交规范；有些会营救同伴；有些会包扎自己的伤口，甚至会接合断腿，这些内容在下面的章节里都会有所提及。地位较高的动物群体会或多或少地彼此联系，训练后代，改变习性，以迎接不断变化的生存条件。这些东西，以及更多同样精彩的事情，也都属于事实的范畴。我们还在等待着自然主义者向我们揭晓它们真正的含义。

在把本书所描绘的内容从我的笔记本和关于荒野的记录中整理出来的过程中，我已经把这两桩事——新的事实和对关于它们的解读——铭记于心了。

书中的事实都是从多年的观察结果中精心挑选而出，着重讲述了动物世界中一些独特或不为人知的事。当然，在过往的户外工作经历中——或者不如说是玩耍经历中——我总是尝试着去发掘非同寻常的能昭示动物独立特征的事，而把观察它们的普遍习惯和具体分类的事情留给了其他的自然主义者：他们懂得更多，也更能胜任这项工作。所以，我以百里挑一的态度观察着遇见的鸟兽，只记录稀罕而难得一见的观察经历，而这件事唯有在沉默而警醒的森林里消耗过漫长岁月的人能办到。

这些罕见的习性会不会是特定的动物种类所共有的，而之所以显得新奇，不过是因为我们对野生动物们的生活中隐秘的那一面知之甚少，还是大自然赐予了极少数个体动物超于其同类的天赋，而恰巧被我们发现了呢？这就得请读者们见仁见智了，因为我也不知道答案。尽管如此，这种判断的确立不能依靠纯理论、成见或先验推理，而仅需要趁动物们对没察觉人的存在而自然地展示着自我时更为贴近地对它们进行观察。在观察的过程中，有种时有发生的情况值得一提：每当我有所发现，不管在当下它对我而言显得有多么不可思议，但在事后，或早或晚，我都会发现早已有某些印第安人、设陷阱捕兽的猎人或自然主义者在野生动物群里目睹过同样的事。本书所记录的关于丘鹬的天赋的内容便是个恰当的例子。会为了找乐子而从山道上滚下来的箭猪，显然也属于此类——这一发现已经被证实过两次，头一次是由一名新宾士威克的偷猎者发现的，后来又被一名哈佛的教员亲眼目睹。还有偷走我渔网的野猫，在鱼饵旁追逐小鱼的苍鹭，被笼子关住后装死的狐狸，为方便幼鸟捕捉而将鲦鱼囤积在水池里的翠鸟，还有学会了趴在牛蹄上等着挤奶时间来光顾的苍蝇的蟾蜍。所有这些和其他众多不可思议的事情，都在不同的地方被不同的观察

者见证过。这似乎表明，灵智在丛林动物们中的分布比我们想象的更为广泛，而假如我们肯睁大眼睛，捐弃成见，我们便会明白，大自然是慷慨的馈赠者和恩惠布施者，即便对小型动物们也是如此。

而至于对那些我恰巧经历过事实的解读——就全在于我自己了，和描述事实的关系不大。它所体现的价值观完全属于我个人，我将它记录下来，并非是为了给读者解惑，而是为了让读者独立思考。每个人心中都有一把衡量世界的尺子。让人学会判断热度的不是对太阳能的数学计算，而是他挨

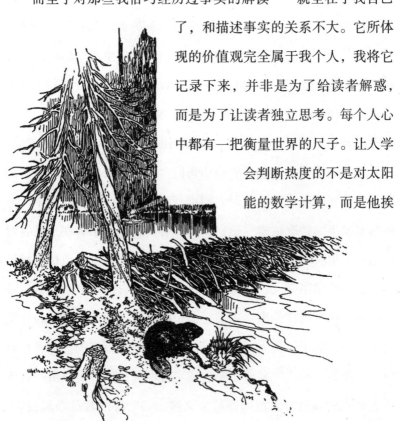

了烫后抽痛的手指，就像每个孩子都会做的事一样；让他理解反作用定律的不是加诺的论文，而是穿拉靴带的动作。因此，假如一个人缺乏凝视并走进自己心灵的勇气，即便把所有这些关于动物生活的新的事实摆在他面前，他仍会如同生活在盲人的世界里。

A Little Brother To The Bear

小熊弟弟

　　小熊弟弟生活在岩石之间，很少有人知道通往它那小小洞穴的路在哪里。这小洞穴位于广袤而安静的丛林里，除了一个邻居外，离其他所有的动物巢穴都隔了几里地的路。你得在公路下沉到松林间一片阴凉的腹地时从上面下来，沿着一条伐木者在冬季里偶尔会取用的偏僻老路走下去。如果你在它的指引下走出足够远的一段路，来到位于另外一条横路上一处破败的旧磨坊，便会在生了锈的水车边见到终日潺潺欢笑的小溪和在下垂的房梁下筑了巢的燕雀。在黄昏时分，你偶尔还能听到鳟鱼从水泡间跳出来的声音。但假如你想找到小熊弟弟的居住地，倒并不需要走出这么远。

　　沿着那条林道往下走时，你会不期然地撞见一小块空地，那里有一条小溪，一片野草地和一块爬满了蕨类植物的暗礁。路在这里几番弯折，能通往风景宜人之处的路总是这样的，仿佛它这般回环是为了让人再多看一眼似的。在暗礁下面，有一座小小的老房子，里面住了几个怕生而寡言的孩子；这是在这条三英里长的路上唯一住了人的地方。就在不远处，在矮树丛生得最茂密的地方，有一条不引人注意的车道。它从林道上悄然岔开，带着你来到大森林深处的一片小池塘。这里有一道在几个世纪之前由海狸们搭建的水坝和一个它们用来堆装冬木的深坑。如果你拿一根长杆探进泥坑的深处，有时还能找到被海狸当做食物用一小截被咬断了的木头，那圆锥形的末端上还清楚地留有它们强有力的牙印，就连树皮都仍是新鲜的，等着被它的小主人食用——假如有一天它还能回来的话；因为这截木头原本就是它在不知多少年以前咬断并当做食物储藏于此的。但很少有人会想到这一点；毕竟来到这里的人满脑子只想着在那些挤挤挨挨地住在海狸的旧仓库

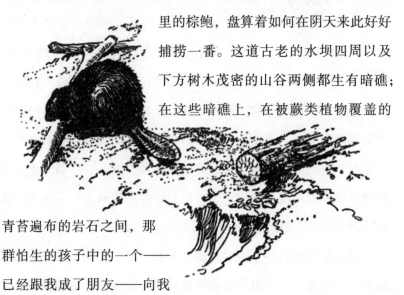

里的棕鲍，盘算着如何在阴天来此好好捕捞一番。这道古老的水坝四周以及下方树木茂密的山谷两侧都生有暗礁；在这些暗礁上，在被蕨类植物覆盖的

青苔遍布的岩石之间，那群怕生的孩子中的一个——已经跟我成了朋友——向我

指明了一条由两块彼此抵靠的巨石形成的拱形出入通道。

"有个动物住在那里。我见过它。有一天，我偷看它时，它的眼睛眨了几下；然、然、然后我就跑啦。"他跟我说着，眼睛因这丛林里的奇迹而睁得圆圆的。

我们什么声响都没发出，只是一起在灌木丛下躺了下来，望着那条精巧的通道，一直守到那孩子必须得回家的时候；但并没有什么从那个由垂挂的蕨类植物形成的屏障后面的通道中现身。但我们都知道那里一定有某样东西存在，因为我向这山林小子展示了一样让他惊异和兴奋不已的东西——一根粘在岩石上的灰色短兽毛，只有尖端是黑色的。随后，我们便离开了，比来的时候还要小心翼翼。

"也许这是只浣熊，"我对那怕生的孩子说，"因为它们是瞌睡虫，成天都在打瞌睡，而且又狡猾得很；它们不到天黑不会现身，不到天亮不会再次回巢，所以你们男孩子们别想找到它们的住处。"

等到满月的日子，我又趁着某天的下午来到这位于暗礁间的小小洞穴边来，还是在那丛灌木下藏了起来，观察是否会有什么东西从里面现身。但在此之前，我先是四下观望了一番，结果真就在附近发现了一棵空了心的栗子树。伐木者们经年累月地从它旁边经过，只可惜它并没有砍伐的价值。粗糙的树皮上，抓痕和爪印随处可见，在低处的树枝下面有一个黑色的大节孔，可能是通往某个兽穴的通道。我在藏身的地方躺了下来，这样只要转过头，就能同时看见那棵树和岩石之间的那个在蕨类植物的屏障遮

掩下的拱门。

黄昏时分，空心树里忽然传来了抓擦的声响，并越来越大；紧接着便是沉闷的咕哝声、呜咽声和争辩声，似乎树内那些小小的声音在说着："我第一个。""不，我第一个！""哎呀，都出去！"突然，这阵呜咽声停了下来，黑色的节孔中出现了一张脸——尖下巴的脸，还有一对充满警惕的耳朵和敏锐地望向外面寂静丛林的明亮眼睛。丛林里只有四下晃动的阴影，打破寂静的只有一只在小池里的野鸭子向它的小鸭雏们发出的轻柔叫唤声。于是，空心树里的呜咽声便又响了起来，又有四张轮廓突出的小尖脸争着把它们的尖鼻子冒了出来，整个节孔都被完全填满了。它们全都往外瞧着，聆听着动静，在下方自己兄弟的脑袋上扭摆着自己的下巴，以便获取更好的观察方位，也都像孩子一样，在睡了个长觉后满心渴望着能出去玩耍一番。

一个耐心欠佳的小家伙抓着它妈妈的背爬了上去，把自己的脸从妈妈的两耳之间挤了出来，这样，我便逮住了能看得更清楚的机会—— 一张漂亮的小脸，兴致勃勃，长得逗极了：突出的口鼻周围生了一圈白色的毛，一长条深色的线从鼻尖上一直延伸到两只眼睛周围那圈黑漆漆的毛里，仿佛戴了副奇特的烟色护目镜一般，而后面便是它闪闪发亮的眼睛。当听到嘎嘎的鸭子叫时，它的目光又变得肃穆而清醒起来。这是一张机智的脸，却又无比纯真，完美地融合了狗的聪慧、狐狸的狡黠和熊的滑稽；这是一张充满了惊喜的脸，让你见了便会忍不住微笑和遐想起来；这是一张迷人而写着好奇的脸，在所有丛林动物中，唯有它将可爱和相互矛盾的特性演绎到了极致——这就是被印第安人和自然主义者不约而同地称为"小熊弟弟"的浣熊。

当母亲的先出来了，背朝后，摇摇晃晃地从树上往下爬，左右摆动着脑袋往下看离地还有多远，显露出十足的熊的做派。四个小家伙紧跟在它后面，爪子抓着树干，呜呜地叫着往树下爬去——只有一只例外：它在往下爬到一半的时候就转身跳了下来，落在了母亲那柔软的后背上，给自己省了场大麻烦。母浣熊带头朝岩石间的通道走过去，小家伙们排成一列纵队跟着，歪歪扭扭、亦步亦趋地跟着它。只要母熊停下来嗅探，它们也会有样学样，模仿它的每一个动作，跟在林子里游荡的小熊崽们的做法如出一辙。

走到洞口时，母浣熊便站到了一边。小家伙们一个接一个地从节孔里钻了出来，跑得没了影，留下浣熊妈妈自己又听又看，观望周遭的情况。这时，一阵胆怯的嘶叫声从暮光里飘了过来，慌得它急忙循着声音钻进了森林深处。片刻之后，我发现它出现在了池边，身边还多了一只个头更大的浣熊，这可能是它那单独在另一棵空心树里睡了一觉的配偶；然后，它们俩便沿着水岸走远，一起捕捉青蛙和鱼去了。

等到浣熊妈妈几乎已经没了影儿，小浣熊们才从洞穴里出来，开始一起玩耍。它们像一窝狐狸崽子一样打着滚儿，翻着筋斗。这么做纯粹是为了取乐，却又能让它们的每个爪子和每一处肌肉都得到锻炼。等到浣熊要独立生活时，它们的爪子和肌肉就要用来完成艰苦的工作了。过了一会儿，有一只幼崽离开了自己玩得不亦乐乎的兄弟们，按来时的原路返回到了那棵栗子树旁。在回去的路上，它没有错过任何一处大小转弯，仿佛脚下有条路似的——可能真有条路，但只有它的眼睛和鼻子能感知到，反正我是看不见也闻不着的。它爬上了树，似乎是循着什么而去，消失在了那个节孔里。我能听见这小家伙在树里面呜呜地叫着用爪子抓挠着往下爬的动静。不一会儿，它嘴里叼着一样东西又出来了。在暮色中，我没法辨认清楚那东西究竟是什么。但它回来时从距我的藏身处不到十英尺远的地方经过，让我透过双筒望远镜看了个一清二楚——那是一块弯曲的小木头疙瘩。几乎在所有小熊弟弟居住的地方，你都能找到这么个因长期盘弄而变得通体光滑的东西，这是它们唯一的玩具。

它把这块木头疙瘩带回到小浣熊们正在玩耍的地方，在它们中间躺下，然后就自己开始玩了起来。它把那件玩物在自己那对灵巧的前爪之间拨来弄去，把它丢上去，又接住，让它在自己的脖子周围和身子底下来回转圈，那样子活像个只拥有一件玩具的孩子。剩下的小浣熊中有几只也凑到它身边来，那块弯曲的小木头疙瘩在它们几个之间来回地打起了转，被拨弄着打滚，又被按住；被藏起来，又被找出来——这游戏进行得无声无息，但每个参与者都心无旁骛。即便在暮色中，它们那种盎然的兴致也一目了然。

这场安静的戏耍进行到一半时，水面上泛起了一阵微波，传来了水花飞溅的声响。于是，小浣熊们扔下它们的玩物，开始驻足聆听起来。它们的眼睛在深色的"护目镜"后面闪闪发光，鼻子抽动着，耳朵也朝着池塘岸边水花泼溅的方向竖了起来。那是母浣熊在奋力地浣洗着它刚捕获的猎物的动静。没一会儿，它便出现在了小家伙们面前。享用食物的兴奋让它们忘记了戏耍。不过，由于隔得太远，四周已是暗影幢幢，实在没法看清母浣熊带回家里的东西是什么，又是怎么在幼崽们之间进行食物分配的。当母浣熊再次走远时，天色已经暗得足以保障它们的安全了。只见小家伙们排成一列纵队，跟在母浣熊后头朝池塘岸边走了过去。在那片阴凉的黑影里，我的目光很快就捕捉不到它们的影踪了。

我跟浣熊打了很长时间的交道，而这就是这段历史的开端。我与它有时是在白天相遇，但更多的是在晚上；有时候是我孤家寡人一个，凑巧撞见浣熊家里的一员正在捕鱼、抓蛤蜊、掘树根或劫掠鸟巢；有时是跟一个小男孩一起——这孩子曾经在自己设下的陷阱里抓住了浣熊一家子中的两名成员；还有时是与猎人们一道。因为在九月的月色下，总会有一只工于心计的老浣熊在自己身边聚集起一帮海盗团来去抢劫玉米地。一见到玉米地，每只浣熊都会立刻化身为毁灭者，在这难得一见的食物充沛的地方纵情狂欢。它们会像野孩子一样摧毁一切，大肆破坏。为了能找到一穗完全符合它口味的玉米，浣熊不惜把二十个多汁的玉米棒子咬个遍；之后，由于吃得太饱，既没法玩耍，又没法转悠到森林

里寻找栖身的空心树，它们便会找到最近一处让它们觉得惬意的巢穴，进去睡上一大觉，直到它们重又变得饥肠辘辘，而那只上了年纪的领头浣熊又开始低声召唤它们奔赴下一场劫掠为止。

后来，浣熊们由于频频劫掠而遭到猎狗们围攻，一大家子都四分五裂了。假如我们能在此之前抓住机会，趁它们在第一晚出来这样闲逛时就进行追踪，我们就搞明白浣熊为什么会被冠以"小熊弟弟"的称号了。在跑步的时候，它会像狗一样脚趾着地；从解剖学的角度上来看——尤其是它们的颅骨和听小骨的发育情况，表明了它们的史前祖先既包括狗，也包括狼；不过，除了这几点之外，它们所有的习性都表明它们实质上就是一头袖珍版的熊。就像熊一样，它们出行时总是由母亲领头，幼崽则排成一列纵队紧随其后，时刻注意着浣熊妈妈提醒它们留心的一应事宜。它们像熊一样会坐下来，走路时步履蹒跚，用它们那像是长在侏儒宝宝身上般的后腿留下一串足印。林子里头，但凡能吃的东西都被饥肠辘辘的它们用来果腹，这习性也跟那穿着黑色外套的贪婪劫掠者如出一辙。它们一会儿跑到蚁巢里搅和一通，一会儿又把朽烂的树干翻个底朝天，以便寻找蠕虫和甲虫。如果能寻觅到甜树枝，或是当从废弃的营地里找出一丁点儿糖蜜时，它们就会像熊一样先把爪子浸到里头，然后再舔个干净。它们一会儿在冬青丛里搜寻浆果，一会儿又去抓小林姬鼠。它们找到溪流里有鱼的浅水处等着，一旦有大鱼路过，就会用爪子把大鱼们翻到水面上来，然后手忙脚乱地跟在后头抓捕。抓完鱼后，它们又开始转战水草茂盛的地方，或是从泥里翻挖青蛙和乌龟；抓到乌龟后，它们便会用石头把龟壳砸破。一会儿，它们又溜进鸡笼里，偷上一只鸡，然后急忙逃窜；等吃完了鸡，它们又会返回菜园子找个南瓜砸开，将南瓜子掏出，当做饭后甜点。当它们见到嘴里叼着蚌在池塘里游过的麝鼠，便会沿着河岸紧跟其后；因为麝鼠有个奇特的习性：在固定的地方进食——或是在一块平整的岩石上，或是在一截搁浅的圆木上，或是在一片被它们割平了的草丛里——而且，麝鼠通常都要等到集齐了一堆蛤蚌后才肯坐下来进食。浣熊会留心观察，直到找到这个地方为止；等到麝鼠离开去寻找更多的蛤蚌时，浣熊就会把自己能在麝鼠餐桌上能找到的所有食物搜刮一空，然后溜之大吉。我曾不下二十次在池塘和溪流边发现这场小闹剧留下的蛛丝马迹。你总能通过那一堆留在水下的蚌壳找到麝鼠在水面上进食的地方；而有时候，你能观察到浣熊偷偷摸摸地跟来的踪迹。如果循着这踪迹而去，你便会找到它们摔破这些由麝鼠辛苦收集蛤蚌的现场。

浣熊身上还有一个跟熊相似的奇特习性：它们游荡的范围很广泛，但却像熊一样有自己固定的路线；在没有受到滋扰的情况下，它们总会遵循着或多或少的规律性回到你曾经见过它们的地方，再来的时候还是会走这同一条看不见的路。就像熊一样，它们对森林的认知广博而准确。它们知晓每一处动物的巢穴和在遭遇险情时能用来庇身的空心树——这些所知部分是自己摸索而来，部分是源自带它们见识森林每个角落的母亲。它们在玉米地里总有一处巢穴，吃撑了或懒得走路时便可以进去睡一大觉；它们还有一棵用来应对风暴天气的枯树，一块在浓郁阴影下爬满了青苔的清凉岩石，用来应对炎热的夏日。它们还有不止一处的阳光房，地址就选在某棵空心的树桩里的顶上头，方便它们躺着沐浴秋日的阳光；它们还有一棵最喜爱的大树，这棵树有着最深最暖的空心，是它们漫长冬眠的必然之选。除此之外，在它们经过的每条路附近都至少有一处避难所，在突然受到来自狗或人的危险侵犯的时候，它们便会毫不犹豫地直奔而去。

尽管在行走、捕猎、打架和进食方面都跟熊很像，但浣熊身上也有许多熊从未得以养成的特殊习性，劫掠鸟巢便是其中的一种。当然，熊也会这么做，因为它们爱吃鸟蛋；但熊所捕捉的只局限于地栖鸟和用后腿直立时能够到的鸟巢。正因如此，它们对所有的啄木鸟都谈不上什么威胁。至于浣熊呢，它们是没法看见树洞的，它们必须得先把自己的鼻子伸到树洞里，才能判断里面是否有鸟蛋或小啄木鸟。如果树洞里真有蛋或雏鸟，它们便会从上面伸下一只爪子，紧贴着树干，把胳膊伸出来往洞里送，好搞清楚这个巢穴是不是那种傻里傻气的浅洞——如果这样，这便是猴子窝——顺便也好判断鸟蛋是否在伸出爪子就能够到的地方，是否方便它们下手。

我曾在一片野生果园的边上见到过一只正在用这种方式抢劫金翅啄木鸟巢穴的浣熊。当它抓着树往上爬的时候，母鸟突然冲了出来，这使得它确信鸟巢里一定有值得出手的东西。它伸了一只爪子进去，抓了一只鸟蛋，似乎想用爪子把它翻卷上来，抵着鸟巢的里侧把蛋滚上来。等到鸟蛋差不多快要到巢口的时候，它便把鼻子伸了进去看它的宝贝。但这时，鸟蛋滑了一下，又掉了回去，大概被摔破了。它又抓了个鸟蛋进行尝试，这次安稳地掏了上来，被它就地整个儿吞掉了。之后，它又试着去掏第三只，不巧，这只蛋又像第一只那样滑了出去，摔破了。见此情形，嘴里还留着新鲜鸟蛋那美妙滋味的它逐渐失去了耐性，也有可能是它爪子上那些个黄色的条纹让它冒出了个主意。它把自己的爪子狠狠捣了下去，把所有的鸟蛋都打破，然后把爪子高高地举起来，让蛋液滴下来，再用舌头把爪子舔了个干净，然后再次伸进鸟巢底部那一团黄色的黏稠液体里。这么做相当省事，它便一直如法炮制，直到它那湿漉漉的爪子能沾上来的只有蛋壳和朽木片后，它才从树上撤下来，转身离开，回到了森林里，只剩下一片惨不忍睹的狼藉，留给母鸟在它离去后面对。

除此之外，浣熊还有一种在熊的基础上改良了的习性，体现在它们捕鱼的时候。像所有的熊一样，它们知道怎么用自己的爪子把鱼从水里翻出来；但假如浅水处没有鱼，它们还知道怎么把鱼儿们吸引过来。我曾许多次在黄昏时分见到静坐在池塘或河边的岩石或灰色的圆木上的浣熊。它们那浅淡的毛色和那份安静，使得它们看起来似乎和水岸融为了一体。其他的自然主义者和猎人们也都提到过同样的情形，而他们都通常认同一点：在这种时候，浣熊的眼睛是半闭着的；而它们那灵敏的触角——或者说胡须——会在水面上不安分地抖动。水下的鱼能看见这轻微的动静，却看不见水面上的状况；在好奇心的驱使下，或毋宁说是怀着有小昆虫在活动的误解，鱼会浮到水面上来，结果就会被横扫而至的浣熊爪子拍得脱离水面。

　　在多年前的一场演讲中，著名的博物学者塞缪尔·洛克伍德首次呼吁公众关注这种奇特的钓鱼方式。那次之后，我曾多次见过浣熊捕鱼的场景；但我运气欠佳，从没见过它们捕上来过任何东西，倒是见过一只野猫用同样巧妙的方法大获成功。我不会忘记浣熊对鱼的嗜好，同时又曾在许多水深得让它们无法像熊那样把鱼拍出水面的地方见到它们吃鱼的场景。正因为如此，我坚信，洛克伍德博士所发现的，一定是浣熊会在鱼正在进食的水面上耐心等候的真正秘密。

　　浣熊还有一项和熊及所有其他动物都迥然相异的奇特习性，那就是浣洗的习惯。换句话说，它们会把所有在水里捉住的东西都在水里浸一浸。不管它们找到了什么吃的——老鼠、鸡、树根、蛆虫、水果——事实上，除了鱼以外的任何东西——当附近有池塘或小溪的时候，它们都会带到水边，把食物完全浸入水里，然后才会开始食用。这其中的缘由只能靠臆测。浣熊此举的目的不是为了清洗，因为它们的大部分食物本就是干净的；也不是为了泡软食物，因为蛤蚌之类的食物本身就已经够软了，而它们强有力的下颚足以咬碎最坚硬的贝壳，可它们在食用之前照样会把它们在水里浸上一浸。这样做可能是为了让食物都沾上它们所深爱的水里的鱼的味道，但更可能是一种遗留下来的习惯，就像狗在躺下之前会扭转身子，大多数鸟会进行并无必要的迁徙一样。它们之所以保有这种习惯，不过是遗传自那些早已被遗忘的祖辈。要知道，它们所属的物种在地球上已经存在了很长时间，对它们的行为产生好奇并由此开始观察它们的人类是在无数年以后才出

现的。

在荒野深处，浣熊显得非常怕生，对险情充满了警戒，就跟那里的大部分野生动物一样；但假如你非常安静地接近它们，或是让它们在不期然间发现你在附近，它们就会表现出丛林动物特有的强烈好奇心，一心只想弄清你的身份。有一次，在从圣伦纳兹往雷斯蒂古什河的源头那条漫长的木材拖运道上，我看见一只浣熊坐在鳟鱼溪边的岩石上，卖力地把某样刚捕获的东西往水里按。我匍匐着爬到一座旧桥附近。这时，我脚下的圆木因为承重而发出"嘎吱"的声响。浣熊停下手里的浣洗工作，抬头望过来，发现了我，于是立刻扔下自己的捕获物，向溪流的上游而去。它先是在水里走了一会儿，然后又开始游起泳来。到了地方后，它便把两只前爪搭在河面的低桥上，把头抬得露出桥的边缘，在离我不到十英尺远的地方目不转睛地盯着我看。不一会儿，看见它离开了，我便赶紧爬到桥的边缘，想看看它方才洗的到底是什么东西。这时，一阵微弱的刮擦声吸引着我转身望去。是它，这功夫它竟然跑到那儿去了。只见它的爪子搭在桥的另一边，扭头回望我这个它从未见过的人类。原来，它方才之所以离开，就是为了从桥底下转过去，好从桥的另一边监视我，这就跟你足够安静时狐狸一定会做的事一样。这时我才发现，它先前浣洗的猎物是一只肥大的青蛙。就这样，又僵持了一会儿，它便抓着它的猎物绕着桥转了过去，消失在了森林深处。

在同类被大量猎捕的城镇附近，和狐狸一样，浣熊的性子会变得日益狂野起来，而且会学会一肚子它从前一无所知的诡计。

可即便在那样的地方，小的浣熊还是会对人表现出一种奇特的无畏和不可思议的信任感。在某个初夏，我曾在一块暗礁脚下见到过一只小浣熊。那时，它正望着头顶上方几英尺之遥的悬岩，因自己没法爬上去而发出牢骚般的呜咽声。它的爪子竟没法在坚硬的岩石上抓出印子，这跟它出生后便当成家的那棵树大不一样，实在让它诧异不已。当我把它举起并放在那块它对着呜咽不止的悬岩上时，它并没有反抗——事实上，它好像认为这是最自然不过的事情一样；但很快，它就像个婴儿一样闹着要从上面下来。我便又一次帮着满足了它的需求。当我走开时，它跟在我身后呜咽不止，把它自己近在暗礁上的巢穴和兄弟姊妹都抛在了脑后，非得让我把它举起来才算满意。然后，它便在我胳膊的凹陷处蜷曲起身子，心满意足地睡起了大觉。

没多久，它醒了过来，像狗一样竖起耳朵，又把脑袋扭来扭去，应该是听到了某种对我的耳朵而言太过微弱的动静，而这样的动作便是对那声音的反应。接着，它把自己那充满好奇的鼻子在我身上蹭了个遍，甚至探进了我的衣领里，让我感觉脖子周围好像有一小块冰在蠕动似的。直到它用爪子把我的外套扒拉开，把鼻子探进我的背心口袋里，才找到它听到的那种神秘声音的来源。原来是我手表的滴答声。没一会儿，它就把这块亮闪闪的东西掏出来玩了起来，就像个得到新玩具的孩子一样，高兴坏了。这样的小浣熊应当是最好的宠物了。它花样百出，行为诙谐：它会在鸡伸长了脖子偷吃它盘子里的食物残渣时装睡，趁机抓捕它们；在自己为非作歹而被抓包时装死；用瓶子喝水；逮着机会跟着男孩子们去森林玩就兴高采烈，在林子里兴奋得四处乱跑，但等到黄昏时分便会跟大伙儿一起回家，最后自己回到它当作家的大树里，在睡眠里把冬季挨过去——但这些事情，我都得放在别的地方交代了。

像熊一样，浣熊是性子平和的动物。每当在森林里漫无边际地游荡时，它从不多管闲事。

这么做倒并不是因为它害怕什么。因为没有哪种动物——狼獾这种可怕的兽类可能是个例外——会比它更不在意危险，或能在危险来临时表现出它这样的冷静和勇气。假如面对只有一两条狗，浣熊根本都不会放在眼里。听到它们尾随自己而来时，它通常都会离开原来的那条路找棵树爬上去；要知道，你家里养的狗跟它的野生兄弟狼大不一样，它是个爱管闲事的家伙，什么事情都得插上一脚；而浣熊则像大多数其他野生动物一样，喜爱和平，只有饥饿时才会捕猎；如有可能，它会尽量避免麻烦。假如它在地上被截住，被逼到角落里，或因受到突袭而被迫采取行动时，它会向后退到最近的树或石头上，以免被敌人从身后抓住。然后它会开始战斗，要么战死，要么把烦扰它的敌人打得一个都不剩，然后重新安静地走自己的路。不管胜算有多大，也不管它因此而受到了怎样可怕的打击，我从没见过哪只浣熊胆怯退缩或临阵而逃。假如来了一群狗，而周围就有池塘或小河的时候，它便会引着狗群来到深水处；它在那里如鱼得水，会飞快地转着圈儿游动，跟狗一个个地扭打较量。这使得它能以最高效的方法在战斗中瓦解一整群狗。它的策略在这种情况下屡试不爽。它会出其不意地朝被自己孤立了的狗猛冲过来，用一只胳膊把狗脖子围住，用它强有力的牙齿在狗的脑袋上来回地"锯"，同时用剩下的那只自由的爪子抽打狗的眼睛，然后把自己全身的重量压在狗的脑袋上，迫使它下沉并溺水，以此终结余下的所有战斗。这种手段对付起单只的狗来绰绰有余；而浣熊自己则安然无恙，冷静如冰地朝下一个牺牲品猛扑过去。

幸运的是，在浣熊的一生中，这种动荡的情况并不多见。生长在荒野里的浣熊很少经历这种事。从生到死，它的生活通常都很平静，充斥其间的不过是好吃的食物、睡眠、玩耍和对森林日益加深的认知。它生在春天，刚出生的时候就像鼹鼠和熊的幼崽一样，是一个目不能视、浑身光秃秃的小不点儿。稍长大一点儿后，它便会爬到巢穴的出口，像守着扇窗子一样，一坐就是好几个小时。这时，你能看见的只有它的鼻子和眼睛。它望着外面那个陌生的、明亮的、沙沙作响的森林世界，在摇曳的阳光下困倦

地眨巴着眼睛。再迟一些后，它便开始了与妈妈一起的漫长旅行，先是趁着白天，因为那会儿各种野兽还都没有出洞；然后，它会把行程改在黄昏；最后才会固定下来，变成漫长的夜游。在这个过程中，它跟着它的领路者学会了

浣熊必须了解的许多事情：在摸清森林的状况之前绝不更改行走路线；遇到每一条裂纹和缝隙都要把那爱打探的鼻子伸进去，因为它菜单上最美味的食物都躲藏在这种地方；累了就打个小盹，睡觉时务必要让前额朝下，这样能把它那毛色明亮的脸藏起来，让自己像块石头或被地衣覆盖的树桩那样不引人注目；可以从最高的树上一跃而下而毫发无伤；住在地里或岩石间的巢穴里时，应该在离门口较远的地方设一个出口，而在任何情况下都绝对不能从除前门以外的地方进入自己的巢穴里。最后这一条里蕴含着深刻的智慧。假如狗发现了一个洞，而洞边的足印总是从里往外出的，它会明白再怎么吠叫也没有用，并离开那里；但假如给它发现某条通道周围有进入的足印，它便会理所当然地认为有猎物在里面，于是便开始狂吠着刨起地来，因为它那愚蠢的大脑是不会想到可能还有一条向外的通道的。它刨着地，在安静的森林里激起了一场骚动，简直不可原谅。与此同时，浣熊要么在巢穴里守着入口，看准了机会就会咬住狗的鼻子，或打烂它的爪子，要么就是带着它的幼崽静悄悄地从后门离开，找一棵空心树让它们待在里面安安稳稳地睡上一觉，直到狗走远了为止。

当第一场雪吹起来的时候，小浣熊们已经长大，足以照顾好它们自己了；这时，它们像熊的地方又体现出来了：为了躲避冬日的寒冷和饥饿，它们会在夏日漫游时就已精心挑选好了的温暖巢穴里一连睡上四到五个月。它们蜷曲起身子来准备睡长觉时的样子就跟黄油一样肥胖；它们用长着环纹的尾巴盖住敏感的鼻子，假如一时醒了过来，它们便会迷迷糊糊地吮吸自己的爪子，直到再次睡着为止。所以，当它们在春天里出洞的时候，通常都跟熊一样，四只脚异常柔软。

一般来说，同属一家的小浣熊都会在一个巢穴里睡觉。成年的公浣熊则更倾向于自己独住一个洞穴，很容易就能找到；但母浣熊就像母熊一样，会不辞辛劳地找到一个能保障幼崽的没人能找到的安稳地方藏起来。

从这些冬眠的洞穴里还能发现一种古怪的习惯，迄今都没见谁能给出解释，而我自己的理解也只能算差强人意。在冬季某些特殊日子里，如果天气不那么凛冽，浣熊会从漫长的冬眠中苏醒，到外面的世界里游荡一番。有时候，你能沿着它的踪迹在森林里走出好几英里，却没法发现它在中途去过任何特殊的地方或做过任何特殊的事；至少，根据我的发现，它从没在这种漫游的过程里吃过任何东西。有时，在离它的巢穴几英里远的地方，它的足印会转变方向，笔直地通往其他浣熊过冬的空心树。这有可能是因为这棵树里的浣熊是它自己家里的成员，它们通常都单独有自己的巢穴，而它是特意过来探看"家人"是否安好的。有时候，还会有另一只浣熊从这个巢穴里出来随它一起外出，它们的足印夹杂在一起，能延绵到好几里地以外；不过，更多的时候它会选择独自外出。假如你一路追下去，有时会找到它探望其他浣熊的地方，或发现它是跑到了自己的另一棵树洞里睡起觉来，又或是兜了一大圈，最后又回到出发的那棵树洞里，再次呼呼大睡，直到春日的暖阳和山雀那爱的音符将它唤出来迎接全新的季节为止。

　　这些可能只是浣熊那种纯粹好交际的特性的冰山一角，因为冬季绝不是它调情或寻找配偶的季节。就像我提到过的，一个洞穴里经常会有三四只一起冬眠的浣熊幼崽；但有时，你也会在同一棵树里找到两三只老浣熊。在涉及巢穴的事情上，浣熊与其他的许多动物都大相径庭，好客的习性在它们身上体现得淋漓尽致。当遇到其他被从自己的安乐窝里赶出来的浣熊，即便是宁愿独处一穴的老伙计也永远不会拒绝与它们分享过冬的房子；尽管好像还有许多其他的空心树是整个浣熊种群所共同拥有的，但它们仍秉持着这样的热心，让每只路过的浣熊都能随心地拜访它们。

　　浣熊对同类的这份爱还有另外一种体现方式，但凡目睹过的人都会对它油然生出一种赞赏之情：只要听到来自同类的痛苦叫声，浣熊便会立刻冲过去，与同伴一起直面危险甚至是死亡。这种事情我已经见过好多次了。其中一次的经历更是让夜猎这种后果难以预料的野外活动变得惊心动魄。十一月末，已经是狩猎季节的尾声了。那天，将近午夜的时候，一群狗把一只浣熊逼上了树，我们把灌木丛烧得噼啪作响，借用明亮的火苗来"点亮"它的眼睛：这是一种利用因反射了

火光而变得闪闪发亮的动物眼睛来锁定树梢上的猎物的方法。最后，终于叫我们看见了它。有个猎人手里提了根结实的棍子爬上了树，想把浣熊从栖身的那根树枝上捅下来。可这样做并没能取得预期中的效果。在任何危险面前一贯冷静的浣熊沿着树枝爬下来，龇牙咧嘴，从鼻子里发出清晰的怒吼声。于是猎人扔掉了手里的棍子，从兜里掏出一支左轮手枪来，朝它开了枪。浣熊暴怒起来，扭脸朝在四十英尺开外的下方咆哮着的狗群扑过去。一场恶斗由此一触而发。浣熊往后退去，背靠在一棵树上，它那沉着而迅捷的抓咬和暴击让半数的敌人都吓破了胆。有的狗被它狼性的突袭一举击中了柔弱的鼻子，立时便动弹不得；有的幸运地脱身而出，又能吠叫几声，但两只眼睛被浣熊闪电般的爪子挠了过去，已经是半瞎了。但是，狗的数量实在太多了，再勇猛的斗士也难以孤军奋战。它们左右夹击，朝浣熊身上扑了过来；紧接着，两只强壮的狗把它从树边拽了出来；知道自己大势已去的浣熊扭过头去，高声叫起来，那是求助的呼喊，和它平素的尖叫声及搏斗时的怒吼声都截然不同。说时迟那时快，另外一只年轻的浣熊从天而降。它从树梢上跳了出来，投入到这场恶战里。只见它一边发出战斗的嘶吼，一边又抓又咬，浑如一位复仇之神。

在那一刻以前，我们谁也没想到附近还有第二只浣熊。在这一片喧嚣之间，它原本安全地藏在树顶上，可一旦听到那种明显是求助的呼喊声，它便把所有自保的想法都抛到了一边，英雄般地从天而降。

我们还没有彻底摸清楚状况，那小家伙已经扑到了那条咬着第一只浣熊的脖子不放的狗身上，它那强有力的嘴巴一下就把狗的一只爪子咬断了。随即，那只大一些的浣熊重又站起来强撑着搏斗——但此时这场猎捕的形势已经发生了些许微妙的变化。我抢上前去，想介入到这场出人意料的英雄壮举中，但一想到我只不过是个客人，礼貌起见，便又退了回来。在我身边站着一个大块头的猎人，有几条狗就是他养的。此时，他的脸在火光的映照下奇怪地抽搐着。他手里挥舞着一根大棒子加入了混战，但因为在猎捕浣熊这种事上产生了恻隐之心，这让他感到不好意思，于是便又撤了回来。"救救它，"我在他耳边低声说，"这小家伙应该活下去"。于是他又冲上前去。"把狗都支开！"他用可怕的声音吼叫着，并把自己的狗拽到了一边。在场的每个猎人都领会了，爆发出一阵突然而豪迈的呼喊，夹杂着几许让人精神为之一振的战栗。被拽着尾巴和四肢拖走的群狗挣扎着、哀嚎着，抗议这种有辱尊严的对待方式。大浣熊静静地躺倒在地，死去了；但那只小的却仍背靠着岩石，眼睛像被风拂过的炭块一样闪闪发亮。它像狼一样皱紧了鼻子，向那群嚎叫着的暴徒发出反抗的怒吼。眼见它还留在那里不肯挪步，我便拿起了一根长棍驱赶它，它仍勇猛地抵抗着。在阵阵笑声和欢呼声中，它被赶到了另一棵树上，狗再也没法接近它了。

那里距离我所见的第一只小熊弟弟的住地很远；而当我再次来到位于老河狸坝的这片暗礁上时，已经是多年以后了。那日，当我重回旧地，便立刻转到了那条林中老路上去。这里的每一处转弯、每一块岩石和每一截腐朽的树桩，都能激起一段快乐的回忆。这里是松鸡曾经"击鼓"的地方；那边的那截木头下面还能看见些蛛丝马迹，让我知道它如今还时常在上面用翅膀发出那种闷雷般的声响；这堵墙上的裂缝是狐狸钻行的通道；那边的岩石上黏附着一根卷曲的黄色的毛，在无言地讲述着关于它的故事；这里原本是松树生长得最茂盛的地方，但如今都已经被砍伐干净了，在松树下面等待了无数年的硬木种子终于等来了阳光照拂的机会，长势飞快，呈现一派蓬勃的生机。而这里，就是那条路蜿蜒着回望那几个害羞的孩子住所的地方，我曾同他们交过朋友。

它们已经全都不在了，暗礁下的那所小房子已经被荒弃了，所有的房间如今都已破败不堪。在其中的一间房里，我在冰冷的壁炉旁找到了一个布娃娃，又在一扇破窗下面的架子上发现了几个可怜的玩具。在这孤独而被遗忘的房子里，这些东西便是唯一拿在手里能让人的脸上焕发光彩、眼里涌上泪水的物事了。所有其他的陈设都倾诉着此间的衰败和腐朽；但这些曾被孩子的小手们抚摸过的可怜的玩具却能直击人心，它折射出的生命力和童年的纯真在这尘世里永远不会变老。我用手帕温柔地为它们除了尘，把它们放回自己的位置上去，然后便轻轻地走上了那条通往小熊弟弟旧家的路。

这里的一切也都面目全非了。由河狸搭建的水坝，虽然被岁月掩盖，仍坚挺地屹立着，一如往昔；但四周树木早已被砍掉、萎缩了的池塘里，野鸭子再难找到庇护所。暗礁也不再是苍翠一片了，因为自从大树倒下后，直射进来的阳光便杀死了大部分曾经覆盖在暗礁上的苔藓和蕨类植物；小溪的歌声仍是欢快的，但那涓涓的溪流不再是像往日那般奔涌倾泻到下面那林木葱茏的山谷中，因而声音也几乎低不可闻。山谷间倒仍是一片苍翠，因为好在那里贫瘠的土壤除了灌木和黄花九轮草便长不出什么东西来，才得以免除那被砍伐成一片荒地的厄运。

那棵曾经被浣熊们当作家的老树早已被风刮倒了。失去了其他树木的支援和由它们形成的风障，它独木难支，在第一场风暴来临时便倒下了。浣熊们留下来的陈旧爪印被深深地掩埋在了地衣下面。我离开这被摧毁的巢穴，沿着那条浣熊出没过的小路走向那位于岩石间的巢穴。这里老早就被猎人们光顾过：巢穴已经被撬开，掩蔽着它的岩石被推到了一边，树洞里满满堆积的都是去年的落叶。我难过地将树叶拂走，想看清它如今的模样，手却在阴暗的角落里碰到了一样坚硬的东西。我把它掏了出来，带着它重见天日。那是一块小小的弯曲的木头疙瘩，因为长期的摆弄早已通体光滑——这便是我第一次见的那件小玩物，如今也变成了对小熊弟弟曾一起快乐地生活和戏耍过的巢穴的最后回忆。

隐士丘鹬

作为所有森林里面最奇特的隐士，丘鹬是一种充满了神秘色彩的鸟。只有猎人们对它有所了解，而所知的也不过是：这是一种美丽的鸟，随着一阵受了惊吓的鸣啭声，在他们的狗的前面一晃就飞到了桤木的树梢上。它会扑扇着翅膀在那儿稍作盘旋，以便弄清自己的方位。它站在对自己有利的位置上，一副洋洋得意的样子，而其结局要么是随着猎人的枪响被子弹重创而死，穿过树叶的屏障栽倒在地；要么，假如幸运的话，它会敏捷地往下斜飞而去，在桤木之间找到另一处藏身的地方。对它实际上唯一能结识的人类——猎人们来说，它是不折不扣的猎禽，因而如何将它置于死地才是他们最大的兴趣所在。它向猎人和所有其他人隐瞒了关于日常生活的一切细节；它在幽暗的森林里消耗掉所有阳光灿烂的时光，又像猫头鹰一样在一整天漫长的休息后外出，来到柔和的暮色之中。我曾在无数个农民的田地里见到过丘鹬或是它最近来此进食过的迹象，但一百个农民中，知道这种鸟存在的还不到五个。它在我们鼻子底下扮演着隐士的角色，演技炉火纯青。

造成丘鹬这种隐居性生活习惯的原因有很多。白天，丘鹬都会在地上歇着，在一截跟它的羽毛颜色完全一致的树桩旁，或在落叶和枯枝缠作一团、令人几乎无法看见它的地方，选一小块阴暗的旮旯藏身。这种时候，它对人怀有的那种奇怪的无畏对于它藏身颇有帮助，因为就算你从离它仅有几英尺远的地方经过，它也能做到镇定自若。这部分是由于它白天的视力很差，有可能根本没有意识到你离它有多近，部分是因为它知道自己浅色的羽毛能让它完美地藏身于周遭的环境，以至于你不管靠得多近也无法发现它。这份沉着让它受益匪浅。有一次，我看见一只母丘鹬正在孵蛋，恰好有个男人从它安在老树桩的残根之间的巢上跨了过去，但竟一点儿也没发现它。就在这人跨过去的时候，母丘鹬全身的动作还不如它长喙顶端的动静大。到了傍晚时分，丘鹬才会外出。当丘鹬去往草甸上的溪流觅食时，你所能见到的只有一道在方寸的碧空下飞闪而过的影子，要不然就只能听到桤木林里传来的一阵沙沙声，那是落叶被它翻卷来的动静，随之而来的还有一阵微弱的"皮克"声，像是从遥远的地方传来的夜鹰的叫声。假如你为了一探究竟而走近，就会瞥见一道掠过地面的黑影，或是一种类似蝙蝠鼓翼的声音。毫无疑问，丘鹬就是在这样的情况下在农夫的小树林里度过一生中所有的夏天，孵出一窝又一窝毛茸茸而隐形的雏鸟，却可以永远不被发现或认出。

　　当我还是个孩子的时候便已经开始和丘鹬打交道了。那时，我不知道该如何称呼这种我日复一日地观察着的奇特鸟类，而当我向别人询问时，他们总会对我描述的内容嘲笑一番，然后否定有这种鸟的存在。丘鹬就出现在那只家喻户晓的榉林老山鹬居住的高地草场后面。那里的北坡上长着一些黑黢黢、湿漉漉的枫树，在这片枫树林后，地面斜斜地穿过矮矮的灌木丛和桤木林，通向一块小小的野生草场，那里的溪边开满了黄花九轮草。在某个四月的一天里，我正在那片枫树林里悄然前行，忽然发现几乎就在我脚边出现了个跟珠宝一样闪亮的东西。我蓦然停了下来。那是一只眼睛，一只鸟的眼睛；但是，过了好一会儿我才意识到，其实那是一只鸟，它把巢搭在了一根倒下多年的断木的两头之间，自己则端坐在巢里。

　　我悄然后退，跪下来仔细观察这个奇怪的发现。它的喙又长又直，眼睛生在后脑勺靠上的部位——这就是我的第一印象。在倒下的断木那腐朽的枝干上还留有被某匹在此徘徊的马用蹄子踩出的洞。往洞里望进去，能看见若干采集而来的树叶和褐色的草茎——是那种随意搭建的巢，却能极好地发挥功效，因为它把那位专心孵蛋的母亲隐藏得如此之好，以至于即使有人一脚踩到了它身上也不会察觉到就在眼皮子底下的鸟或鸟巢。这便是我分辨出母鸟那柔和的轮廓时得出的第二印象，它就坐在那里，我的脸离它不过十英尺远，而它显然一点害怕的意思都没有，实在令人诧异。

　　那天，我没有打扰它，只是静静地离开了。我很清楚地记得，伴着我一起回家的还有一种夹杂着惊奇和恐惧的心情，那是孩子在初次遇见野生动物时会自然产生的情绪。在还是孩子的我看来，它在我面前表现得那么镇定和无所畏惧，这说明它一定有某种深藏不露的防御性武器——也许是它的长喙，也许是隐藏的刺——如果真是这样，它就不好对付了。对于如今的我来说，这些都显得非常陌生和遥远了；但对于一个幼小的男孩而言却是那么真实，因为彼时就他自己一个人在幽暗的森林里，又头一次撞见了一只这么大的鸟，更别说这只鸟还长着那么老长的喙，眼睛生在后脑勺靠上的位置上——那显然不是它们该长的地方；更别说这只鸟还没表现出一点畏惧的意思，好像它自己就能完全照顾好自己一样。正因为如此，我只能怀着一肚子的狐疑，轻手轻脚地离开。

　　次日，我又回到了这里。那只奇怪的鸟还是像之前那样坐在窝里。它那长长的喙搁在洞边，乍一眼看过去就像根细树枝。它还是没有表现出一丝害怕的意思，而受到它的这份安静和镇定的鼓舞，我蹑手蹑脚地靠近它，终于用自己的手指头碰到了它的喙，然后轻柔地把它翻了过去。我的这个举动让它不耐烦地扭了几下喙，这让儿时的我对它的喙有了个初步印象，而这是自然主义者近来才注意到的，那就是，它的喙尖能像人的指尖一样动来动去，方便它找到深藏在泥浆里的食物，抓住它，再把它从藏身处拽出来。就在这时，它发出了一种奇怪的嘶嘶声。这让我再一次受到了惊吓，又联想到了蛇和隐藏的毒刺之类；于是，我往后撤到了安全距离以外，以便对它进行观察。大多数情况下，它都保持着那种坐姿岿然不动，唯一有所动作的就是它偶尔会转动一下的长喙；后来，见它那样一动不动过了好久，我忍不住伸手把它的脑袋扳到一边去。使我大感意外和兴奋的是，它对此毫无反抗，任由它的脑袋就朝向我扳过去的方向，只不过，我很快就又把它扭了回来。在发出第一次警告后，它似乎完全明白了当前的情形，对这个满脸好奇地盯着它瞧而又无意冒犯它或它巢穴里的孩子毫不在意。

当我向其他人描述这样一只眼睛长在后脑勺的长嘴鸟，讲起它在鸟巢里由人抚摸的细节时，他们都讥笑不已，所以我就懒得多费唇舌了。但是，当我第一次撞见纳蒂·丁格尔的时候，我把这些事一五一十地讲给他听。纳蒂是个温文尔雅、人畜无害而又胸无大志的小个子男人，永远不会为了挣钱而卖苦力——据他称，那会让他后背抽筋——但又会兴高采烈地冒着半自杀的危险去冰面垂钓，向邻居施以援手。一直以来，他都是靠着打猎、钓鱼、设陷阱和摘野果为生，视不同的时令而定；每逢春季，他便会采集蒲公英和黄花九轮草（在他口中成了黄花九驴草），然后好声好气地沿街叫卖。天气宜人的时候，他大多数时候都会在森林里游荡，或仰面躺在林木最为茂盛的池塘边懒洋洋地钓鱼，那种地方换了别人永远也别想捉到鱼；要么就是盯着水獭的窝看，而别人花了四十年也没在那地方发现半只水獭。他对丛林里的一切都了如指掌，认识里面的每只鸟、兽和每一种植物。而据我所知，至少有一个男孩，宁愿去跟着他钓上一整天的鱼，也不愿去看总统的火车或上马戏团看戏。

纳蒂和别人不一样，他并没有对我的描述冷嘲热讽，而是耐心地听完，然后告诉我，我见到的是丘鹬的巢穴——据他所说，那家伙很是罕见，就连他这个长期在森林里闲晃、在狩猎季用枪打了无数鸟的人都从没撞见过丘鹬的鸟巢。第二天，他便跟我一起出发去瞧那些鸟蛋；但现在想来，他那番出行可能是为了准确地锁定那一窝丘鹬，以备八月射猎之需。可是，正当我们围着那根倒下的断木的两端打转时，它却悄无声息地溜进了树叶葱茏的阴影之中。后来，我们发现了它下的四只蛋，一端奇大无比，另一端又出奇的小，有着漂亮的色泽和斑点。

纳蒂不愧精于此道，仅仅瞥了一眼鸟巢便把我拉到一边躲了起来。随后，在我们毫无察觉、甚至还见到它是怎么过来的情况下，母丘鹬已经再次开始孵蛋了。这时，此前还对我的故事抱着些许怀疑的纳蒂，悄悄地告诉我可以出去了；我便手脚并用地爬了过去，又像之前那样抚摸起它来，而它仍是那样不为所动。

几分钟后，我们便轻轻地离开了。纳蒂把我带到沼泽边，一边让我看里面被钻出的小孔，一边向我介绍他在秋季狩猎时见识到的丘鹬的习性。只要是土质松软的地方，我们都能找见许多这样的小孔——这无数的像是由铅笔戳出来的小洞，其实是丘鹬把它的长喙探进地里时留下的。纳蒂对我说，它这么做是为了捉蚯蚓——他，以及所有介绍鸟类的书，竟都抱着这种错误的观念，实在是很奇怪，因为在这种孔洞多见的原始桤木林和沼泽地里根本没有什么蚯蚓，有的只是蛞蝓、软体甲虫和柔弱的白蛴螬。他还对我说，丘鹬捕猎时凭借的是气味和触觉，同时也会注意聆听地底下蠕虫发出的轻微动静，这就是它的眼睛长在脑袋后边的原因：一方面是为了不碍事，另一方面也是为了在鸟喙深入泥里的时候提防来自头上和身后的危险。这也解释了它的喙尖为什么会生得那样灵活：只有这样，当它在地里钻了孔，却无法靠听力准确地找到猎物的时候，它那灵敏的喙尖便会像手指一样四处触碰，直到找到并抓住那口吃的为止。我一边跟着纳蒂在沼泽地里搜寻母丘鹬捕食留下的痕迹，一边听他讲着诸如此类的事。稍晚，等到暮色降临，我们便结伴回家了。他的讲述有些属实，有些却是谬误，还有一些则是精准的传说与凭空想象而无法溯源的民间流言的奇妙混合，这些东西在所有的乡村地带仍被视为关于鸟兽的真知灼见。不过，对于孩子而言，这些东西是最有趣不过的了。还是小男孩的我就像聆听着伟大圣乐的信徒一样听着他说的一切，不仅听进耳里，还将它们铭记在心，日后更是进行了梳理，凭一己之力对它们的真伪进行了辨别。

几天后，我再次来到那里，看到几片散落的贝壳，便意识到这处鸟巢已经被遗弃了。如果想见到小丘鹬们，就得费心思去搜寻了。不过，除非母丘鹬亲自指路，否则想要找到它们几乎是不可能的。一个星期后，我在沼泽地的边上徘徊时，忽然发现脚边的落叶被一股小小的褐色旋风卷了起来。经我分辨，那是一只丘鹬展翅飞走时造成的。此时，它咯咯地叫着往前飞着，一会儿拖着一侧翅膀，一会儿又换成了一条腿，似乎受了很严重的伤。我自然跟了过去，想瞧瞧到底是怎么回事，完全忘了有只松鸡为了将我从它的幼鸟旁边诳走曾用同样的招数戏弄过我的事。等到母丘鹬将我引到安全距离以外后，它所有的伤便像被施了魔法般完全消失了。它挥舞着强有力的翅膀蹿到了天上，盘旋着越过沼泽地，又绕回到了我一开始惊起它的地方。我花了半个小时四处搜寻，却连一只小丘鹬的影子都没见着。但实际上，有四只小丘鹬可能就躲在我眼皮子底下的落叶和草茎之间。

几个星期后，这些从纳蒂·丁格尔脑子里和沼泽间的孔洞里挖出来的精彩知识却给我惹来了麻烦，让我陷入了冲突之中。离我家不远的一户邻居家有个小男孩，这家伙是个小小的自然主义者，他家里养了一只叫布林克的黄色大猫。布林克是只古怪的老猫，也是我见过的最厉害的猎手。鼹鼠洞都是很长的，可它偏就知道在哪儿能把鼹鼠找出来——这事儿我到现在还没琢磨透——并且一抓就是十几只；但是，和大多数猫一样，无论怎么引诱，它也决计不会对自己捉来的鼹鼠下口。假如它抓了只鼹鼠，碰巧又饿了，它会把鼹鼠藏起来，然后转而去抓老鼠或雀鸟充饥；这两种东西它倒是会吃，相形之下，鼹鼠不过是它带回家的战利品而已。它能独自捕猎好几个小时，然后喵喵地叫着回家，把抓到的所有东西都带回来，包括老鼠、松鼠、兔子、鹌鹑和松鸡。当附近没个头更大猎物的时候，它甚至还会抓蚱蜢。隔得老远我们就能听见它"唷唷"的叫声，那是它在有所猎获时才会发出的叫声。每当这时，邻家的这个小男孩就会跑出去迎接它，把它的猎物接过来，而布林克则会咕噜咕噜地在他的两腿之间来回挨蹭，以此来表达自己的骄傲和自得。假如没有人出来迎接它，它便会喵喵地叫着绕着房子转上一两圈，然后把它的猎物搁在门阶下面。这时我们就得靠鼻子来尽快地发现它的存在了，因为布林克是决计不会再碰它一下的。

有一天，这男孩在门阶下发现了一只奇怪的鸟。那是一只美丽的棕色生物，跟鸽子差不多大，嘴巴又长又直，眼睛长在头顶上。他把鸟带给他父亲认。那是个武断的男人，教授给儿子的自然历史知识真假参半，都是些光怪陆离的东西。他断言，那是只瞎了的沙锥；这话倒也包含了几分真相，它看不见是因为它的眼睛长得不是地方；至于说它是一种极为罕见的鸟，只会在秋天偶尔出现，之所以在泥里凿洞是因为它不准备迁徙，而是选择在泥里过冬——这些就基本都是胡扯了。

当那男孩带着我去见识他这奇怪的发现时，我便称这是一只丘鹬，然后急不可耐地讲起关于它的轶事来。但我那不辞劳苦的解说很快就被叫停了，而且还被他唤做骗子。一场争论不休的战争随即上演了，这时候即便把纳蒂·丁格尔的权威拿出来压他也是徒劳；那男孩比我大，又是站在自家的院子里，到了最后便开始把我往外撵，因为这只鸟是他自己的猫抓回来的，他父亲又已下了定论，说那是只瞎沙锥，而我竟然胆敢如此这般对他大放厥词。我又讲到，这种鸟在附近多得很，只不过像猫头鹰一样喜欢在夜间觅食而已，结果他又额外地在我背后赏了一块石头。我怒吼着说，它才不会像他家里的那位预言家宣称的那样，像乌龟一样适逢干燥的天气便在泥里挖洞，于是他又追赏了我一块石头。他这种无节制的狂热劲儿，很像是公众舆论在与自然主义者的"偏见"产生碰撞的后果。听听他们说的那些话吧——地球是平的，燕子在泥里过冬，动物们完全受本能支配——千万别提及你亲眼所见的任何事实，除非这个世界已经做好了接受事实的准备。比起坚持管它叫丘鹬而引发一场家族之战和被石头砸脑袋，还是学聪明一点，就管它叫瞎沙锥的好。

尽管个头比大黄蜂大不了多少，小丘鹬却会像小松鸡一样大胆地四处奔跑。一旦把蛋壳啄开，它们就立刻开始了向母亲学习寻找觅食地的过程。天色刚暗下来的时候，它们的野性还没有完全释放出来，母鸟也不会那么快地鼓动着翅膀在前面引诱你。我就曾在这种时刻出其不意地遇到过一窝丘鹬——那是一群毛茸茸的小东西，极不惹眼，每只都生着因过长而显得滑稽的喙，长在后背上的条纹似乎将那些小家伙的身体分成了两半，即便你发现了它一半的身体，它还能把另一半给藏起来。母鸟带领着它们在沼泽、蕨类植物和桤木之间快速地穿行。它们会在这些地方四处转悠，用喙来翻找藏在落叶、枯枝和湿树皮下面的蚂蟥，活像一家子捡破烂的人带着根小细棍翻找东西的样子。那天，我听到母鸟和雏鸟们发出了一种小小的惬意的喊喳声，是我在其他任何情况下都没听到过的。这种声音可能是为了相互鼓舞，也是为了让所有的家庭成员在暮色中四处乱跑的时候始终保持在能被彼此听到的范围内。

通常情况下，当捕食区距离鸟巢很远的时候，丘鹬会采取两种惯用的应对方式。在我看来，这两种习惯都是其他猎禽所不具备的——也许只有珩科鸟是个例外；尽管每次对成年丘鹬新的观察发现都让我坚信丘鹬是与人类有所来往的鸟类中最非凡，也是我们对之知之最少的一种，但我却从未能有机会好好观察它们的幼鸟。如果需要到很远的地方捕食，母鸟会把幼鸟留下并藏好，自己单独外出，等到回来时再哺育幼鸟。它会像母鸽一样把装有食物的喙伸进幼鸟的喉咙里逐个喂食，进出往返多次，直到把它们都喂饱了，才会再次把它们留在藏身处，把这一晚剩下的时间留给自己觅食。而幼鸟们就像大多数被母亲这样扔下的幼年鸟兽一样，不会离开原地一步，撵也撵不走，直到母亲回来为止。假如你发现了一窝跟母亲分离了的小丘鹬，你可以将它们双手捧起，而它们则会像死了一般躺在你手里，跟你玩假死的小把戏，直到你把它们放下为止。

假如附近就有不错的捕食区，但距离对于幼鸟来说仍然过远的话，母丘鹬便会依次把它们带过去，然后在一个秘密的地方把它们藏起来，直到整窝幼鸟都被带过去了为止。我曾两三次见过带着幼鸟一起飞远的丘鹬；还有一次，我看到一只母丘鹬带着一只幼鸟飞走了，过了一会儿，它又返了回来，接走了第二只幼鸟。原来，这只幼鸟一直藏在一片树叶下，而我对此却浑然未觉。母鸟不仅会用这种奇特的方法将幼鸟带到优良的捕食区去，当受到突发的危险威胁时，它们也会用这一招带着幼鸟迅速逃离。

这一过程完成得飞快，而且极难追踪。根据我的判断，母丘鹬停在幼鸟之间或从它们上方走过去，在飞行时把它夹在自己的两腿之间。在数次目睹这样的情形后，我认为这就是母鸟携带幼鸟的方法。有些人——猎人和敏锐的观察者们——声称母鸟是把幼鸟放在了自己的喙里，就像老猫带小猫那样；但假如真是这样，小家伙们难道不会窒息吗？这一点我无法理解。如果是用这种方式，母丘鹬要么是用喙抓住幼鸟一侧的翅膀，要么是叼着幼鸟的脖子，但是丘鹬的喙尖并没有那么坚实。何况，在我看来，如果用这种方法携带幼鸟，一旦飞行时间稍长，幼鸟必然会窒息或受伤；而且，雌性的野生动物通常都不会用这种方式来对待幼鸟。

丘鹬也有可能是用另一种方式来带雏鸟的，只不过这种方法我从没有亲眼目睹过。我时常跟一名老猎人共同在森林里漫游，他对野生鸟兽具有敏锐的观察力。有一次，他在一处野山坡脚下的小溪边无意中发现了一只母丘鹬和一窝幼鸟。他发现有只幼鸟正歇在母亲的后背上，这种情况在家鸡中也很常见。我这位朋友忽然靠近后，母丘鹬便带着后背上的幼鸟一并飞了起来，然后便消失在了繁茂的树叶之间。剩下的幼鸟中，有三只很快便消失不见了；而我的朋友找到了其中的一只后便离开了，没等着去看母鸟有没有返回来找寻剩下的幼鸟。从这件事中，我对幼鸟是如何被带着来来去去的这个疑问得出了一个可能的推断；不过，我可以十分肯定地说，就我亲眼所见，母鸟携带幼鸟的方式是与此截然不同的。

小丘鹬们在离开蛋壳没几天之后就开始使用它们的小翅膀了，甚至比小鹌鹑们还要早，只是它们飞行的时间非常短。由于受到了精心的哺育，它们生长的速度快得惊人。因此，丘鹬一家子通常在初夏的时候便四分五散了，每只幼鸟都开始了自立的生活，而母鸟又得以重获自由之身，开始哺育下一窝雏鸟。这种时候，它们会做大量飞行，四处寻找喜爱的食物，农田便是它们经常光顾的地方。它们会在寂静的民宅里的水渠和马鞍边消耗半个晚上，只要一有动静就会飞快地消失；正因为如此，哪怕丘鹬已是频繁造访某个地方的常客，可那里住的人谁也没亲眼见过它，甚至没怀疑到它曾到访过。

由于喜欢食用蚯蚓，丘鹬很早就学会了一些人类终其一生都无法发现的事，那就是：要找到蠕虫不必掘地三尺，自有一种简单的方法能唾手可得。假如男孩子不得不挖找诱饵，以作为跟长辈一同钓鱼的筹码时，他通常会在干燥的天气里费老半天的时间，埋头苦干却收获甚微；因为这种时候虫子们都深藏在地底下，只有去它们喜欢的地方才能找到它们。与此同时，那派遣自己的儿子外出挖虫的父亲却在给自己绿茵茵的草坪浇着水，过得优哉游哉。其实，要等到第一颗夜露坠落的时候，蚯蚓们才会开始往地上钻。到了午夜时分，草坪周围会出现数以百计来回爬动的大蚯蚓，它们一个个长得结实滚圆，用来钓鳟鱼是再适合不过了。它们会在地面上活动大半个夜晚；正因为如此，早起的鸟儿能轻易地抓到虫子，不必像贪睡的家伙们那样非得靠挖才行。你只需趁着时机最佳的午夜带着提灯，便可以毫不费力地得到你想要的所有诱饵，不需要操半点心。而这时也是你最有可能看到丘鹬的时机，因为它也在忙着干同样的事。去年夏天，我曾于深夜在邻居家的草坪上惊散了两只丘鹬；每年夏天结束之前，你几乎都能惊愕地在报纸上读到丘鹬在纽约这样限制重重的大城市里被发现的新闻，那是因为它们会趁夜间长途飞行，来到城里食物充沛的草坪上捕食。同样，为了捕食蚯蚓，它们也会造访城里的花园；在按理来说不会有丘鹬出没的地点，你也常常能在卷心菜叶下或是

茂密的玉米地里的阴凉处发现丘鹬趁你熟睡时为抓捕蛴螬和蚯蚓而钻地留下的孔洞。

随着仲夏的到来，一种微妙的变化在丘鹬的群体里悄然产生：联系家庭成员的那根细细的纽带被断开了。在这一年剩下的时间里，这种鸟将会变身为一名彻底的隐士。它孑然一身地生活着，即便到了迁徙的季节，它也不会像大多数其他的鸟类一样，和自己的同类凑在一起，扩大群体数量；而且，据我所知，迄今为止，还没有谁见过能被正儿八经地被称为"丘鹬群"的东西。据我所知，唯一的例外是在极偶然的情况下，当你意外地遇到一只在木头上昂首阔步的公丘鹬时，你会发现它就像松鸡一样伸展着翅膀和尾羽上下走动着，发出怪异的嘶嘶声和急切的鸣叫声。然后，如果你蹑手蹑脚地走近，你会惊起另外两三只在木头旁边或是在离你近在咫尺的灌木里看热闹的丘鹬。不久前，有个猎人告诉我，有一次，他的塞特猎犬发现了一只在倒木上昂首阔步的丘鹬，但它一见自己的行踪暴露了便马上停止了动作，溜进了下面的蕨类植物里。后来，当他的猎犬往近处走时，竟然又同时惊起了五只丘鹬，这也是我听说过的聚集在一起的丘鹬的最大数目。

当我向一位猎人求教——此君虽然胸无点墨，但对丛林里的门道却一清二楚——询问为什么这个时节的丘鹬在离开了自己的家庭以后会这样高视阔步。但他没有给出什么理论或解释。"不过就是一种古怪的偏好，不就跟大多数鸟一样吗，只是更怪一点。"他轻描淡写地说了几句，就这么敷衍过去了。我见识过这种情形一次，后来又有一次，但遗憾的是，那次还来不及看它们

"表演"，它们就已经被惊飞了。丘鹬这样做当然不是为了赢取配偶，因为求偶的季节早就过去了；也许这是松鸡式的习惯，好集合一支小型乐队来配合演绎某种粗犷的舞蹈。若非如此，我还真解释不上来。有可能丘鹬也渴望娱乐，就像所有其他鸟类对娱乐的渴望一样；而唯有娱乐这一件事能让它忘记自己隐士的身份。

一旦开始脱毛，丘鹬就离开了生养它们的丛林和沼泽，彻底地没了影踪。至于它们在这个时节去了哪里却是个无人知晓的秘密了。昨天还聚集了十多只丘鹬的地方，今天却一只也看不见了；当你意外撞见了一只，却又总是在此前从没见它出没过的地方。打那以后你便总来这儿，坚持了好几年，可却再也没见到第二只丘鹬了。这能有力地证明，无论是搭巢、觅食还是睡觉，丘鹬都像大多数其他鸟类一样，会年复一年地回到特定的偏爱的地方。

在这个季节里，你偶尔会在南部干燥的山坡上或阳光充沛的森林边上看到一只孤零零的丘鹬。此时的它看起来可怜兮兮的，身上几乎已经不剩几根可以蔽体的羽毛了。假如你靠近，它唯一能做的便是拍拍翅膀或徒步跑开。假如你运气好得出奇，能在这种时候靠近而没叫它发现，你就会注意到一件奇怪的事：它站在树桩或树枝旁边能让阳光均匀地打在它光秃秃的背上的地方，仿佛是在用大自然的壁炉为自己取暖。它长喙的喙尖搁在地上，似乎那便是支撑它脑袋的支柱。它已经睡着了；但假如你爬近了，用望远镜看过去，便会发现它睡觉的时候眼睛是半睁着的。它的下眼睑向上拉起，把眼睛盖住了一半；但上半部却并没被挡住。这样，即使在睡觉的时候，它也能观察上方和身后是否来了敌人。

此时，它身上几乎不散发什么气味，即便是在秋天隔着投石之距也嗅觉灵敏的狗，此时近距离从它身边走过去也没法发现它，等到几乎从它身边跑过去了，它才会有所警觉，或作出有猎物在侧时该有的反应。

猎人们声称，这些孤鸟是因为羽毛脱落了一大半，为了让身上暖和起来，才会守着那些阳光充足的空地。他们说的可能没错，但还是不免让人心生疑问：到了气温低于白天的晚上，这些鸟又该如何自处呢？何况，有件事似乎正好能反驳这一理论：当你在阳光充沛的开阔山坡上发现了一只丘鹬后，你还会在一英里之外发现第二只在玉米地深处睡觉的丘鹬，而那里一整天都几乎晒不到什么太阳。

不管它们这种行为后面的原因是什么，你在七月看到的丘鹬都是难得一见而又难以理解的个体。它们的大部队已经消失不见，让你无处可寻。究竟它们是四散到植被茂盛的藏身地去，然后紧挨着栖在一处以避免被发现，还是像某些丘鹬一样，在脱毛的季节里做了一次向北的短途迁徙，以便能找到清净的地方，顺便换换口味？这些都还有待确定。我们竟对这种在我们的奶牛牧场上搭巢、频繁地在夜间造访我们的庭院和草坪的鸟类如此缺乏了解，而我们只有在它死后被烹成美味的食物搭配着烤面包热腾腾地端上我们的餐桌时，才算是跟它打了个唯一的照面，这事儿多叫人惋惜啊。

到了吸引配偶的春季，丘鹬会表现出一种习惯来，若是你在桤木林的边上瞧见了，便会立刻想起在空旷的沼泽和高地里见到过的草鹬，以及它们那住在拉布拉多荒漠上的野性更足的同类。它喜爱被火烧过的平原，因为在那里它能藏身于光天化日之下，还能捕捉抓之不竭的蚱蜢和蟋蟀，全然不必为食物而烦恼；它有着敏捷的融通性，对人类无知无畏——确实，它与习性几乎不为人知的珩科鸟之间有许多共同之处。在苍茫的暮色中，当你沿着森林的边缘悄然前行时，你会听见耳畔传来微弱的"匹唷呵，匹唷呵"的叫声。你转过身去，侧耳聆听，想找到这声音的来源。这时，一只丘鹬从斜刺里窜出来，迅速地飞到了你的头顶上，朝着天空盘旋而去，叽叽喳喳的叫声如癫似狂。这种鸣叫声堪称难听，比同样会在暮色中歌唱的灶巢鸟或草鹬都差远了。并且，为了辅助发声，丘鹬会击打翅膀引起空气嗡嗡的震动，听起来就像簧片在起风时的那种尖锐声音一样；不过，这种声音对于它那身披褐色羽毛的小小配偶来说，一定是足够动听的，因为它此刻就一动不动地站在你附近，欣赏并聆听着这场表演。等飞到某个对它而言很了不得的高度后，丘鹬便会疯狂地打一会儿转，然后重又叽叽喳喳地盘旋而下，直到抵达树梢上位于它配偶正上方的位置上才会把翅膀收起来，像铅锤一样朝着它配偶的脑袋直坠下去。但此时它的配偶仍然岿然不动，似乎很清楚接下来会发生什么事。果然，等坠到离地面仅有几英尺的高度后，丘鹬便会展开宽大的翅膀，中止坠地的过程，安安静静地降落到配偶旁边。接下来，它仍会一动不动地待上一会儿，似乎已经筋疲力尽了；但不消多久，它便在配偶身边昂首阔步起来，像雄火鸡一样舒展翅膀和尾羽，把自己身上的闪光点发挥到最佳状态，像沐浴在春日下的孔雀一样，对自己的所有表现都十分自负。

在这种时刻，雌鸟和雄鸟都会显出一种奇怪的无畏；如果你保持静止，或者有所动作却异常轻柔，它们就会完全无视你，好像你不过是在它身边咬食第一口春草的牛一样。就像一生大多数时间都生活在拉布拉多和巴塔哥尼亚广袤的荒原上、天性里奇妙地糅合了极度的狂野和憨笨的金斑鸻一样，丘鹬对任何大型动物似乎都没有本能的恐惧感；它所习得的恐惧便是由人类那无休无止的捕猎造成的。但即使在这方面，它也比其他所有禽鸟都迟钝一些，只要放着一个季节不去管它，它那种天生的信任感便会立即恢复。

等到秋天来临时，你会注意到，丘鹬身上还有一种与神秘未知的珩科鸟相似的习性。当你在八月二十号后第一场来自东北的暴风里信心满怀地等着珩科鸟的来临时，在浓雾之下显得晦暗不明的那第一轮秋月下，丘鹬会再次回到它经常出没的栖息地里。但它为何定要等来一轮圆月，又非要等来一场遮蔽月光的冷雾，然后才开始向南飞，这也是众多未解的谜团之一。珩科鸟会数以百计地出现，在怒吼的狂风和急骤的暴雨之上发出可怕的尖叫，让你半夜打着激灵从床上起来，侧耳细听上一番后，又是一阵激灵。丘鹬不一样，它会安静地独来独往；当你带着赴约的心情清早外出时，会发现它就在你预料之中的地方静静地睡着觉。

在秋季的飞行途中，它们又显现出了一种奇特的习性：那就是，丘鹬格外青睐某些特殊的地方；并非由于这些地方能给它提供食物或庇护，这明显是一种长期性的行为，就像高地牧场上的孩子会对某个不起眼的角落表现出特别的喜爱之情，胜过众多其他风景更为怡人、你以为会更得他垂青的地方。此外，这些形单影只的孤鸟似乎能通过某种不为人知的方式来了解此地的"住宿"情况：似乎这里是一处旅馆，只要它们仍在附近盘桓，通常都会把这个特殊的地方住满。

在我进行创作的地方，向北约三英里远的地方有一小块开阔的高树林。有些知情的猎人总来光顾这里，已经好几年了。但其他的人路过此地时，都对它不甚留意，因为在整个地区范围内，它似乎是最不适合捕猎的地方。但是，假使在整个费尔菲尔德郡只有一只丘鹬，在这些猎人多而禽鸟少的日子里，它很可能就住在那里。如果预报会有一段晴好天气，而你在那之后的第一个早晨却并没有发现丘鹬的影子的话，那么十有八九它还没开始当日的飞行，或者已经从你身边飞过去了。自打好几次在这里撞见形单影只的丘鹬之后，我便跑遍了整个地方，试图找出丘鹬这种奇特喜好的原因，但一切都是徒劳。这里的地面开阔而多石，连能遮蔽哪怕一只丘鹬的蕨类、树根或草丛都几乎见不着；凑近了观察时，你会发现周遭既没有孔洞，也没有丘鹬进食留下的痕迹。从所有的表象来看，这里是你能想到的最不可能发现这种鸟的地方；但这里偏就是丘鹬乐意在白天休憩的地方。而且，只要还有同类留在这里，它就一定会回来。猎人们可能今天已经洗劫过此地，并杀了仍来这里拜访的那几只稀有的鸟；可是到了明天，只要整片地区还有这种鸟，那么在先驱们丧命的地方还是会冒出数量相同的后继者。

　　我向老枪手们询问过关于此地的奥秘——有一次，十几个年轻的猎人和狗四处搜寻丘鹬，但不管在哪儿都没找到，而我恰恰就是在那时撞见了两只丘鹬，从而发现了这个神奇的地方——然后才得知，自打他们记事以来，这地方就一直如此。在几年前，知道这地方的人不多，数量众多的丘鹬聚集在这里，在半英亩大小的地方随时都能看到五六只。如果这一批鸟被杀了，另一批便会补上来。只要在附近隐蔽处里丘鹬的数量足够多，这种"供给"的数量就几乎是恒定的；但是，相较其他地方，丘鹬们为何格外乐意光顾这里？为何此地一旦出现空缺就会被迅速补满？这两个疑问始终无人能解。

　　有一个猎人不太确定地对我说，这其中的原因，可能是因为此地是候鸟在向南飞的途中所能找到的最佳的能歇脚的空地；同样的解释也适用于其他类似的地方。但与这个推断相矛盾的是，丘鹬的迁徙是夜间发生的，但每到夜晚，这个地方总是空着的。它们只会在白天来此歇脚，一旦夜晚来临，它们便奔着不同的捕食地四散而去了，那种地方才是迁徙的鸟类飞行途中的首要目的地；丘鹬消化食物的速度很快，需要经常进食，不太可能进行持续的飞行。它似乎能从容不迫地向南迁徙，飞到哪儿就吃到哪儿；这样，新来的丘鹬便能在捕食地碰见最近在此歇过脚的那一拨鸟——假如它们能见上面的话——因此便能趁着白天跟它们一道来到这个精心选择的休息地。但是，倘若新来的丘鹬是夜间到达的，它们又如何能得知这个备受青睐的地方在白天已经被使用过，又如何能得知昨天已经有别的丘鹬来这里歇过脚，但现在它们已

经死了，所以此地现在又闲置了呢？

唯一可能的解释是，要么，这只不过是个偶然事件——但这说法蠢得很，也压根算不得什么解释；世界是理性的，如果这种盲目而不合理的事确实出现了，它绝不会这样经常性地重复发生——换句话说，在天空中来回往返的鸟类之间有其准确的相互理解和沟通的方式；真相有可能就是如此，但凭我们目前有限的知识，显然是很难证明这一点的。

在追踪隐士丘鹬的过程中，它们这种对特殊地点的青睐还有另外一种表现方式。当它们因受惊而离开了喜爱的栖息地而并没有受到枪击时，它并不会飞远，只是飞到灌木尖儿上便又折返回来；而一旦你离开，它便会飞快地回到它当时起飞的地方。它也会像兔子那样使诈，兜着圈子回到出发点；偶尔，当你惊起一只丘鹬然后敏锐地观察时，你可能会发现它就在你身后无声地飞落了下来，而且几乎就歇在你的脚后跟后头。有一次，我那条叫唐的老猎犬惊起了一只丘鹬，然后就一直站在原地，朝那个地方摆出对峙的姿势。我当时就在它身后几码远的地方，也站定了不敢动。过了一会儿，丘鹬从后面盘旋而出，随即悄无声息地落在我与猎犬之间的树枝上，而那地方距离老狗的尾巴还不到十英尺。这谋略大获成功，因为当它的气味在唐的鼻子下逐渐消散后，唐便继续朝前走去，生生错过了那只在咫尺之遥的身后注视着它的鸟。这种奇特的习性可能只是因为丘鹬对某些地方的偏爱而形成的；也可能是因为它在夜间就已经精心选好了用来在白天栖息和躲藏的地方，到了白天，被太阳光晃了眼的它也没法找到更合适的地方，于是便只能返回那里去；也有可能这就是对惊扰了它的动物单纯的戏弄和简单的欺骗，因为像那样紧跟着落在后头的话，无论是狗还是人，都不会想到回头就能找到它。

晚上是丘鹬视力极佳的时候，它会在不同的捕食地之间快速地飞来飞去。不管什么样的光，都会很容易让丘鹬感到目眩，而同时，它也是众多会在你的篝灯映照的圈子里忽来忽去的生物之一。但由于这种场合下它总是分外安静而又行动敏捷，所以总是不引人注目——在你看来，它不过是一只夜出活动的鸟，因此往往不假思索地就把它放走了。为了给鸟兽们来个奇袭，或为了进行夜间观察，我会点起篝灯捕猎。好几次，我都发现有丘鹬围着我的光圈横冲直撞地疾飞。有一次，在新不伦瑞克省的旷野深处，我遇到了两个在午夜用鱼叉捕鱼的偷猎者，他们在自己的独木舟的船头吊了一个火盆。我的出现把他们吓了一跳。尽管他俩的行为说出去不好听，但也不妨碍这是一项对技巧性和勇气要求极高、极具观赏性的活动；于是，我并没有将他们撵跑，而是在他俩狭长的独木舟里谋求了一个座位，好了解他们是怎么行事的。我们沿着那条危险的河上下游溯，燃着油松的火盆噼啪作响，照亮了我们身边摇曳的黑影。忽然，有两只丘鹬从河岸上蹿出，围着独木舟疯狂地盘旋了起来。其中一只还使劲地用翅膀扑打着我的脸。直到船头的桑迪把他的鱼叉用力掷了出去，而一条足有二十磅重的活蹦乱跳大鱼随着狂喜的叫嚷被抛到了我的膝盖上，这才让它停了下来。但那天晚上，我还是见到了它们闪现的翅膀好几次，听到它们在噼啪的火盆和奔腾咆哮的湍流之上发出的低沉的受了

惊的叽喳声。

只要在向南迁徙的途中能发现优良的捕食区，在不受干扰的情况下，丘鹬就能够生存下去。一直到严寒袭来，冻得硬实的地面叫它那灵敏脆弱的长嘴无法再穿透，它的粮仓便算是被封住了。这时，它便会向南逃去，赶往下一处空旷的泉水或流经桤木林的河水。在长岛海峡上的某个半岛上最南端的居民区不远的地方，有一眼极少结冰的泉，即便在隆冬时节，它那充溢的泉水也能给养一片绿地。这地方如今已经盖满了房子，但从前曾是丘鹬活动的绝佳地点。这汪小小的清泉以唯有泉水才能给予的方式接纳了许多丘鹬。去年，在圣诞节前后，我曾在那里见到过一只惬意地住在那里的丘鹬。它深陷在雪堆之间，离附近的两三间民宅只有投石之远。其他的鸟在数周之前就已经全飞走了，唯有它还在那里流连。这其中的原因，有可能是因为在此地只为丘鹬所知时发生的那些往事和回忆牵制了它，或者，是因为它受了伤而无法飞行，而找遍了整个地区，只有这个地方能让它在伤愈之前有吃有喝地活下来。我们口中言必称"残酷"的大自然给予了它亲切的关怀，悉心照料着人类赐予它的伤口，在其他所有的捕食地都已被严冬死死地钳制住的时候给它提供了食物和安全的庇护；但人类，可以行善而保持理性的人类，眼中却完全看不到这其中的深意。就在我发现它的第二天，一个猎人从那里路过，杀了这个季节的最后一只丘鹬，还为此而自得不已。

丘鹬的神奇本领

有一件关于丘鹬的事，足以让你瞠目结舌。它很难称得上算是习惯，有可能只是一两只比其同类创造性更强的罕见个体的发现而已。和绒鸭、熊及河狸一样，丘鹬有一种用来包扎伤口的原始外科技巧。二十年前的某天，我正静静地坐在布里奇沃特的森林边上的一条小溪旁，忽然，一只丘鹬拍打着翅膀飞到了空地上，它一路扑腾着，最终落到了河岸上浅色的泥浆带上，而从我坐的地方能清楚地看见那里的情形。那时正值狩猎季节的早期，枪手们都纷纷出动，来到了原野上。我的第一感觉是，这是一只受了伤的鸟，在受到枪击后又进行了长途飞行，现在是来到溪边饮水或清洗伤口了。事实究竟是否如此，只能凭借猜想了；但在光天化日之下，这只鸟表现得很是奇怪。我悄悄地接近，虽然它离我还是很远，让我没法完全确定它所有动作的含义，但却已能清清楚楚地看见小溪对面的它了。

一开始，它用喙从水边啄起了一些泥巴，似乎是抹在了一条腿上膝盖附近的地方，然后，它又单脚着地往远处扑腾了一小段距离，似乎是在将草的细根和纤维往外拔，然后把它们和已经抹在了腿上的泥掺在了一起。接着，它又啄了一些泥巴盖在草纤维上面。泥巴越抹越多，我能清楚地看到它的腿变粗了。带着一种奇怪而沉默的专注，它忙活了整整十五分钟。我在边上瞧着，心里诧异不已，几乎不敢相信自己的眼睛。随后，它在一块外悬的草皮下一动不动地站了整整一个小时，仅凭肉眼很难发现它。这段时间里，它唯一的动作便是偶尔用喙挨蹭它的泥绷带，好把它抹平。就这样，一直等到"绷带"变得足够硬实并能让它方便地行动后，它才扑腾着离开溪边，消失在了茂密的森林里。

对于这一令人难以置信的行为，我有自己的理解，那就是，这只丘鹬把自己断了的那条腿放进用泥铸的模子里，这样就能准确地固定住断骨，直到它们长合为止。我自然而然地保留了自己的这一看法，但我清楚没人会相信我的这套说辞。我追问了枪手们好几年，其中有两个人提到自己曾猎杀过从前断过腿但后来又愈合了的丘鹬。据这二人回忆，那两条断腿都愈合得相当好，完全没见骨头长歪，就像断了又长合了的鸡腿一样。我仔细查看过不同的地方市场上售卖的丘鹬，也曾发现过一只被枪打断了腿后来又完全愈合的丘鹬，在它骨折的地方能看见干泥留下的清晰印记；不过，在它另一条腿上靠近脚的地方也有这样的印记，而这只能说明它曾经在有软泥的地方捕过食而已。对于不明就里的局外人来说，这些都证明不了任何事。我对此也保持着沉默，直到去年冬天，时隔二十年以后，才意外经历了能证实它的事情。那次，我在布里奇沃特的当代俱乐部作关于动物的演讲，一位绅士——是位全国知名的律师——向我走来，热切地向我讲述了他在去年秋天一次奇怪的发现。他跟友人用枪打猎时打中了一只丘鹬。狗把它叼回来之后，他们发现它的一条腿上包裹了一块硬泥。由于好奇这其中的含义，他便用自己的小刀把这块泥巴削了下来，结果发现里面的腿骨曾经断过，但那时已经差不多长合，跟正常的鸟腿一样笔直了。假如那只丘鹬还能再活上几个星期，它一定会自己弄掉那块泥巴，而到那时，它身上就不会再有任何能够显示异常的东西了。

正因为手边已经有了证据，我才最终在这里与大家分享这个观察结果，但我无意主张这是丘鹬的新风或旧习，因为谁也无法断言这种奇特的本领是否是为丘鹬和涉禽所广泛共有的——我只是想强调，我们对这位隐士秘不示人的生活的了解是多么匮乏。确实，当我们把枪放到一边，举起望远镜，学着去了解那些围绕在我们身边却从未受过重视的精彩纷呈的生命时，将会有多少有待发现的新奇事啊。

捕猎中的加拿大猞猁

在某个冬日下午的晚些时候，阳光在西山上的松林间缓缓地推移，拉长的阴影穿过白雪覆盖的森林，寒意渐生。一头巨大的公驼鹿从幽暗的云杉林里窜了出来，沿着阳光下的狭长荒地大步流星地向上而行。它那长长的步幅和走路时雄赳赳的劲儿，即便追踪的狼瞧见了也会望而却步。五分钟后，我从云杉林下的同一条小路上走出来时，那片穿过荒地的绿林的边缘来回摇晃着，恰好挡住了跳跃的公驼鹿的胁腹。森林在朝着无数个方向点头——这边！那边！这里！那里！——误导着任何想要追随它行踪的人。有时，你甚至会觉得连铁杉、桤木、水流、树叶、嘎吱作响的树枝和舞动的影子似乎都在沆瀣一气地为这头无辜的丛林动物提供庇护，好叫它们远离那些穷追不舍的人们充满敌意的眼睛和手。这便是在森林里很难看到猎物的诸多原因之一。

这头大驼鹿竟然把我给捉弄了一番。意识到我在跟踪它后，它便远远地跑到了前头，然后又迅速地绕了回来，一动不动地站在山坡上的灌木林里，那里离它在一小时以前留下的足印还不到二十码。在那里，它能把一切尽收眼底，同时，不管追踪它的是谁，都别想发现它。当我跟着那串深深的蹄印快速而悄然无声地走过来时，它任由我从它下方经过，把我好好地打量了和嗅探了一番；接着，它便像道影子一样朝着反方向溜走了。只不过，尽管它走得异常小心，某根在积雪下不巧断裂的枯枝发出的沉闷响声还是引得我回头望过去——正因如此，我才得以不必再徒劳地追踪那条暗藏心机的踪迹。发现自己的小伎俩被识破后，驼鹿便离开了。它的眼睛、耳朵和不知疲倦的四肢有着神奇的力量，警惕地带着它逃离我这个被它误以为是死敌的人，向着荒地的开阔处而去了。

继续追踪它已经没多大意义了，于是我在一棵倒伏的黄桦树上坐了下来，听着从这片广袤的寂静中传来的动静，注视着任何可能穿过这片寒冷的白色丛林的东西。

这时，常青树林的边缘下面的那片紫色阴影突然跳动起来，一只雪白的野兔一跃而出。在紧张兮兮地远跳了几次后，它就像束金属弹簧一样从我面前蹦了过去，穿过荒地中的一片狭长地带，在下面找了个地方躲了起来。地上的云杉那温柔的手臂和其下更为温柔的阴影似乎都自动打开了，为它大开方便之门。顷刻之间，树枝停止了颔首，积雪停止了下坠，阴影也停止了摇晃。在常青树林的边缘上，似乎有无数寂静的声音在说着：这里什么也没有；我们没见过它。

　　我不禁好奇起来，这只野兔为什么会跑得这么狼狈？野兔是种疯狂的、难以捉摸的家伙，除非确有必要，否则它永远不会按常理出牌。我正好奇着，忽然发现在野兔现身的那片紫色阴影下出现了一道微弱的黄色火焰，一只加拿大猞猁威猛的圆脑袋从野兔方才跑出的那条小径里探了出来。还不等它那硕大的灰色身体完全显露出来，更远处的常青灌木丛下的阴影又摇晃了起来，竟然同时又有几只猞猁鱼贯而出；在荒地的这一方狭长地带上，竟然同时出现了五只这种凶猛的生物，这让我不禁屏住了呼吸：在它们探出的头上，都生了双凶悍的眼睛，犹如金色的长矛一样直刺向前方的幽暗。假如这队伍里的某一员发现了那只野兔并扑了过去，野兔的遭遇会如何？一想到这个，我就不由自主地兴奋起来。当时我身边没有步枪，幸亏我一直安安静静地坐着，这些凶猛的家伙从我身边经过时才没有发现我。

　　位于队伍中间的是一只威猛的母猞猁，它正在跟踪野兔的足迹；一瞬间，我脑子里飞闪而过好几个念头：这群猞猁在做什么？母猞猁又是什么身份？人们偶尔会在冬天的森林里见到这样的猞猁群，它们给你带来的那种威慑感、造成的惊吓，是单只出现的动物永远无法企及的。但这里，我该给大家揭个秘了：尽管加拿大猞猁个头大，看似凶猛，其实在本质上，它跟所有猫科动物一样，是一种惯于潜行的、胆小而奸诈的动物，所以它一向是独来独往的。由于知道同类都跟自己很像，它会对它们全都心存怀疑，生怕在日常分配战利品的时候被其他成员夺去了那最好的一份儿。所以，那些在几乎所有其他动物群体当中都十分普遍的规矩，在猫科动物的群体中却往往难得一见。

不过，一到冬天，情况就有所不同了。现实的需求迫使猞猁放下它那种猫科动物特有的自私，结伙捕猎。特别是，由于每隔七年兔子都会因为周期性的疾病而大批死亡，在森林中的存量变得稀少，所以你才能看见这伙在鹿群的避寒地捕猎或正悄悄跟踪驯鹿群的强盗。从那时起，我才发现一个几乎是铁律的事实：猞猁是以家庭为单位聚集在一起来挨过冬季的——只是这一小队猛兽在我眼皮底下从那片紫色的阴影下钻出来之前，我对此并不知情而已——这就像小鹿在春天来临之前会跟着母鹿，因为母鹿能凭借智慧为它们寻觅食物，在有强敌穷追不舍的时候用它更为强大的力量在雪地里为它们开辟道路。

中间那只大猞猁是这一家子的母亲；其余的四只是它的幼崽；它们现在住在一起，部分原因是幼崽们欠缺教育，它得亲眼照看着，完成这项任务；但主要是因为在饥饿的冬天，它们需要把各自的力量凝聚在一起，以便能更有组织性地捕猎，如有需要的话，还能制伏单枪匹马地挑衅它们的更大动物。

经过由公驼鹿留下的新鲜蹄印时，老母猞猁把头凑近嗅了好长时间。这支队伍立刻站成一圈，每只猞猁都像雕塑一样地站着，把它们那嗅觉迟钝的鼻子埋进散发着臭味的蹄印里，想通过并不灵光的嗅觉弄清刚才经过的到底是谁。老猞猁上下转动着脑袋，打量着这支由它那些个一动不动的幼崽组成的队列，随后伴随着一声从胡须下酝酿而出的激昂咆哮，它又开始举步向前了。要知道，哪怕有十几只饥肠辘辘的猞猁聚在一起，它们也极少会去追踪一头体格强壮、健步如飞的公牛。只有血腥味能牵引着它们勉为其难地慢慢地循着这样的踪迹而去；而即便在那种情况下，如果它们最终追上了那气味的主人，它们也只会围成一圈，带着那种极具威慑的肃穆蹲在它的四周，在饥饿的驱使下龇着牙，指望着猎物自己丧命。眼下，就在前方的某处显然藏着一只更容易捕获的猎物。在老猞猁咆哮的一刹那，这支由数只翘首以待的猞猁幼崽组成的小队伍似乎全体听到了某种无声的指令，同时把头伸向前去，又开始寂静无声地向前而行。

当队伍里的最后一名成员也走出我的视野，消失在下方的灌木丛里后，我便跑了起来，飞快地穿越森林，没有在松软的雪地上制造出一点儿噪声。我一动不动地蹲伏在附近的云杉丛里，希望能再次见到那些狡猾的猎兽。等了好一会儿，常青灌木丛弯了一下，那只野兔从中跳了出来，飞也似的穿过空地，朝下一处被绿植覆盖的地点奔去。在它身后不远处响起了咆哮声。随着一阵可怕的骚动，发现了猎物的母猞猁冲了出来，向着它的捕猎小分队嘶吼起来，示意它们迫近猎物。于是，小猞猁们便像一阵卷击的烈风应声而至。它们围成一个大圈，逐渐从两端收拢，以此切断那飞窜的猎物转圈跑的路线。很快，队伍的两头连在了一起并急剧地向内收缩。没过一会儿，野兔便已经被堵在了中央，面对着这像旋风一样冲着它席卷而来的可怕包围圈，它在雪地里紧紧地蜷缩成一团。队伍中最小的猞猁率先朝它的猎物扑了过去。这行为像电击一样触动了那只毫无动静的野兔。它像通了电一样朝前射了出去，随后一跃而起，竭尽全力地想要挣脱这恐怖的包围圈，跳起后的高度甚至超过了面前这圈蹲伏着的可怕动物。可是，它跃起时不幸正好经过了一只小猞猁的上方。说时迟那时快，只见小猞猁直起身体，伸出它的大爪子，结结实实地打在了这飞逃的猎物身上，然后自己也向后跌了下来。其他的猞猁见状，立刻像复仇之神一样扑了过来，把野兔压在了身下，纷纷朝这只被在逃跑途中击落的囊中之物伸出了爪子，狂暴地撕咬抓挠起来。

　　一场可怕的混战开始了，但只持续了一会儿。还没等我揉完眼睛，那只野兔就已经完全消失了。围成一圈的猞猁意犹未尽地舔着自己的嘴巴，彼此怒目而视，咆哮不已，似乎想知道刚才吃得最多的究竟是哪个。

　　随后，这几只猞猁排成一长队向荒原的边缘渐走渐远，终于消失不见了。这时我才开始沿原路返回，回想它们方才捕猎的方式。我沿着它们的足印，在笔直地通向我营地整整一英里的林中小路上仔细辨认着类似被压倒的灌木那样微小的痕迹。我发现，在来势汹汹的进犯途中，它们选用的是一条近乎完美的线路。就在这儿，它们中的某只曾向一只松鸡发起扑袭，可惜没有命中，受了惊的松鸡呼呼地飞走，逃进了黑暗之中；就在那儿，有只猞猁曾爬上树，还把某个动物摇晃得掉进了下面的雪地里。由于其余的猞猁们把食物舔得一干二净，让我没法判断这倒霉的动物到底是谁，但还是能从中看出一点当时那种惊险场面的端倪。当猎物从树上掉下来后，那只上了树的猞猁自己也像弩炮一样跳了下来，在雪地里留下了一个大洞；这样一来，它便能赶在自己那凶悍的同伴之前守在咽了气的猎物身旁，否则它们便会飞奔而来，把所有能吃的扫荡一空，不会给它留下哪怕是一丝能嗅到的食物气味。最后，在它们行进路线的末尾，有一只被惊起的野兔。在照兔子的惯例跑了几小圈后，它便不幸被那条为拦截它而迅速收紧的长线上的第四只猞猁发现并逮住了。

几年以后，在数英里之外的雷努斯的荒地上，我又目睹了一次同样激烈的捕猎画面，其精彩程度有过之而无不及。那时，我正站在荒野之中的一座桥上，在看到一群举动奇怪的北美驯鹿后便下了桥一探究竟。刚走到茂密的灌木丛边上，我便看见那群驯鹿就在离我不到二百码远的地方，正兴奋地围聚在一块横亘在荒地上的大岩石下面。很明显，那里有什么东西激起了它们的好奇心——要知道，北美驯鹿有时候是所有森林动物里最好管闲事的——这时，我辨认出了正贴靠在那块灰色岩石上的一头大猞猁的圆脑袋，威风凛凛的。不过，在此之前，我得先用望远镜把岩石上的情形看个明白。岩石矗立在平原上，一面几乎是垂直的，有十五到二十英尺高；另一面没有那么陡峭，斜斜地隐入森林中。这头大猞猁可能是从森林里钻出来爬到岩石上来暗中监视这群驯鹿的。此时，它的半截身体都从岩石边上探了出来，左右摇摆着它那狂怒的脑袋，两只大爪子交替地朝下方的动物探过去。

时间一点点过去，驯鹿们变得越来越兴奋，越来越好奇。驯鹿就像火鸡，每当见到新奇的东西时，它们宁死也要搞清状况。此时，它们一会儿把队伍散开，一会儿又靠拢，前后踟蹰着，伸展着耳朵和鼻子，打探着岩石上方那奇怪的家伙，但不管如何变化，它们总归是靠得越来越近了。

突然，那只猞猁跳了起来，倒并不是朝着驯鹿发动袭击，因为它们还离得太远，而是抻开了爪子跃到了高空里。接着，它落到了地上，与之相伴的还有一阵犹如受了蛊惑般不断打着旋儿的雪花。然后，它跳了两大步，静悄悄地消失在了离它最近的常青树丛里，藏蔽了起来。

这奇怪的景象让驯鹿群疯狂地散开了。但在受惊地跳了一两下后，它们便又转过头去，想看看到底是什么吓着了它们。但眼前已经空无一物了，于是，它们像一群蠢羊似的，又胆怯地走了回来，对着雪花闻闻嗅嗅，朝着岩石支棱起了耳朵。因为此时那只大猞猁又出现在了岩石顶上。像此前一样，它左右摇晃着自己的圆脑袋，朝驯鹿群交替地挥舞着两只爪子，似乎是在向它们展示自己的爪子有多宽厚、多锋利。

这一小群驯鹿慢慢地靠近岩石，而猞猁见状又往后退了退，似乎在引诱它们往前去。此时，驯鹿的好奇心已经达到了顶峰，但它们已经不只一次目睹过猞猁弹跳起来的情形，也据此分析过它的能耐，于是只能敬畏地与它保持着一段距离。有一头小驯鹿径自离开了大伙儿，沿着树林的边缘一路嗅了过去，这样做有可能是为了找到那头奇怪动物的踪迹，也有可能是为了来到岩石的背风面，好根据嗅觉来对发生的事情做个判断。事实上，嗅觉也是驯鹿唯一准确的知觉了。这时，大岩石顶上的一簇干草似乎被风给拂动了。我立刻把望远镜对准了它望过去。眼前看到的一幕让我竭力抑制住自己的兴奋，屏住了呼吸——因为我又分辨出两三只猞猁生了簇毛的耳朵，它们位于暗礁的高处，正平趴在地上。

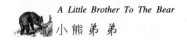
尽管处在那群傻乎乎的驯鹿的视线之外，它们那精光迸射的黄眼睛却始终一眨不眨地盯着驯鹿群的一举一动。

这时，离队的小驯鹿发现了猞猁留下的足印。它先是低头闻了闻，然后忽然谨慎地朝着大岩石退了回去，又用鼻子去嗅探雪地上的另一个小坑，终于确定它的气味和头一个小坑是一样的。此时，岩石上的大猞猁又往后退了一点。于是驯鹿群又逼近了一些，把头高高抬起，想看看猞猁到底在做什么；那头小驯鹿往上走了一段路，又开始低头闻起猞猁的足印来。这时，三发"活弩炮"越过岩石高侧的边缘朝它扑了过来。同时，电光石火间，岩石上的大猞猁已经四脚着地了。它的身体完全展开，跟在那群飞逃而去的驯鹿群后面发出了一声凶猛的尖叫，气势汹汹。随即，它也从岩石上方一跃而过，不偏不倚地扑到了苦苦挣扎的小驯鹿的脖子上，将它狠狠压进了雪里。

猞猁这家伙憨笨得很。它会像兔子一样愚蠢地把自己的脑袋伸进捕兽器的活套里，然后与活套另一端的撑杆拼命搏斗，直到把自己勒死为止。可尽管如此，当人们追踪它在雪地里留下的奇妙踪迹，或是坐在云杉下心有戚戚地观望它肆意的戏耍时，都会对这种在冬日的森林里留下无处不在的又大又圆的足印的神秘动物产生不断加深的敬意，对母猞猁究竟采取了怎样原始的方式来训练她的幼崽产生强烈的好奇。

胖子蟾蜍

被西蒙斯称作"胖子"的蟾蜍直到詹姆斯牧师给他家的花坛松土时才从它冬眠的洞里出来。那是四月初，空气中弥漫春的第一缕气息——那是大地在隐晦地召唤着它沉睡的孩子苏醒、出门、入世。詹姆斯牧师的鼻子闻到了这种召唤，他回想起了自己的童年。和我们在闻到了春的气息后的反应一样，他下决心在读完早报后就去钓鱼。了解他想法的妻子走到门口深吸了一口气，叫道："这天气真是没得说！"然后，她便抓起一把泥铲——当男人决意要去溪边钓鳟鱼时，在同样的心理强迫作用下，女人必须要做的就是在地里翻挖一番——朝着花坛出发。没过一会儿，她兴奋的喊叫声就从开着的窗户里飘了进来。

"詹——詹姆斯？詹姆斯！"——第一声略显迟疑，第二声就显得果决些了——"你到底在花坛里种了些什么呀？"

"怎么这么问？"詹姆斯牧师回应道，从镜框的边缘好奇地望向那扇敞开的窗户，"怎么了，我记得我种的是半支莲啊。"

"你出来，看看钻出来的是什么东西。"他的妻子下了令。颇感惊奇的老绅士匆忙来到门边，不由得诧异地眨起眼来。他看到在自家花坛的中央赫然出现了一个大坑，里面竟然有三只肥胖的蟾蜍——在温暖的阳光下，它们也在眨着眼——还有一只四脚朝上的大淡水龟，正在愤慨不已地嘶嘶叫着。

看到突然冒出来的奇怪"作物"后，老牧师的眼镜下闪现出一丝古怪的光芒。"种瓜得瓜，种豆得豆。"他喃喃自语，斜眼打量着那三只蟾蜍，并好奇地戳了那只大淡水龟一下，但看到它那钩状的吻，又听到它那恼怒的嘶嘶声后，他很快就把手收了回来。由于自己的书房里没有能解释这番奇景的书，他便抓了个正在上学途中的小男孩，嘱咐他火速来我的住处问个究竟。

现在的情况是，这三只胖蟾蜍也闻到了春的气息，它们原本住在草坪下土壤松软的地方，那是它们去年秋天专为冬眠而挖掘的。当詹姆斯牧师的妻子翻动草皮时，温暖的阳光为它们解了冻，传递了春的信息，于是它们便迅速爬到地面上，显得生机勃勃，仿佛在过去的六个月里从未因寒冷而陷入过那种无知无觉的僵硬里。至于那只大淡水龟，则可能来自旁边的池塘，它被新鲜土壤的气味吸引过来，想为自己找一处能产蛋的巢穴。发现了种植着半支莲的花坛里那松软而又温暖的土壤后，它便想扭着身体钻到下面去，结果疏松的土壤翻倒在它身上，把它给埋了进去。

当女人那尖锐的眼睛扫过花坛时，立刻发现了中间的那处凹陷，像是某个人敷衍了事的杰作。"这个洞必须得填起来才行，"詹姆斯太太很快就下了决心；但是，到底是女人，她先把自己的泥铲深深地插了进去。"啊！有石头——这个粗心鬼。"做出判断后，她又戳了一下那个硬邦邦的东西，两手把它抬了起来，结果那只大淡水龟就冒出来了，它四脚乱蹬，发出嘶嘶的声音，用吻和爪子抗议着自己被从爱巢中生拖硬拽出来的事实，因为这是它在早春能寻到最好的窝。那天晚上，草地和落叶间传来了奇怪的声响——窸窸窣窣、呱呱呱呱和嚓嚓嚓嚓，那是三三两两的蟾蜍轻快地跳到池塘里的动静。它们从花园、草坪、树林、老石墙……各个方向而来，因今年头一次闻到水的味道而欢快地蹦跶得老高，那呱呱的叫声和颤声打破了黄昏时分的宁静。到了岸边，它们便开始往下滑，跌跌撞撞，连滚带爬——使出浑身解数，只求能快点儿下水——伴随着欢快的水花溅起的声音和呱呱的叫声，它们终于抵达那温暖的浅水区。但没多久它们就开始互相攻击起来，用嘴咬，用爪子挠，上演着滑稽的小型回合制摔跤。但事实上，这其实是蟾蜍用来解决争端，从同类手中争抢配偶的方式。

它们会在池塘里待上两三天，空气中回荡着它们咕咕呱呱的叫声，水中充盈着无数条由它们产下的裹了明胶似的卵——由这些卵孵化出来的小蝌蚪足以霸占整片河岸。幸好，在孵化的这几天里，大自然亲自出手消灭了其中的百分之九十，并安排剩下的那些在长大的过程中孜孜不倦地互相残杀，直到最终幸存的那些蝌蚪伴随着那些同类相食的水手一起真诚地唱起那首小曲：

哦，我是库克，英勇无畏的船长，
是南希号帆船上的大副；

我是水兵，是海军后补少尉，

是船长快艇上的船员。

这是因为每只蝌蚪的幸存，都意味着它在成长的过程中亲自吃掉了数以百计甚至更多的一母所生的胞生兄弟。但是，在那之前，大蟾蜍们早就离开了池塘，朝着它们来时的方向四散而去了，对自己后代的遭遇早已毫不关心。胖子蟾蜍就是在此时来到种着半支莲的花坛里的。

第二天一大早，詹姆斯夫人又发现了它——一只满身是疙瘩的灰色大蟾蜍，大腹便便，眼睛像宝石一样闪亮——因一夜的捕食而困倦地眨着眼。"哎呀！又是那只讨厌的蟾蜍，我真希望——"她探寻似的朝四周望了一圈——"我真希望这次它没带着那只乌龟一起来。"她用泥铲戳了它一下，然后把它从花坛里挑了出来，谁知这蟾蜍竟然爬到自己位于草皮下的洞里，拒绝再露面。尽管詹姆斯夫人手中的泥铲还在试探性地朝它身上戳来，可那力道终归太小，伤它不得。它就赖在那里，无声地对抗着泥铲，直到我凑巧路过并告诉这好心的女士，她这是在驱赶鲜花最好的朋友。就这样，这只蟾蜍就安安稳稳了地住了下来。逐渐地，我们一没事儿就喜欢去瞧瞧它。

它的头一桩事就是在花园的各处为自己打了几个藏身的洞，大多数都只不过是松软泥土里的坑而已。每当敌人逼近时，蟾蜍便可以紧闭着双眼趴在那儿。它身上的颜色能迅速改变，直到调整到跟周边环境大体一致为止。它可以随便在自己多不胜数的坑洞里随便挑一个，安安静静往里面一趴，再把明亮的眼睛一闭，这时，想找到它就几乎是难于登天了。但是，当那条看门犬——一条肥肥胖胖的、气喘吁吁的哈巴狗，一见到蟾蜍在晚间出来蹦跶，便兴奋地吠叫个不停，但却不至于用鼻子触碰这黏糊糊、冷冰冰的东西的程度——蟾蜍受了两三次惊后，便又挖了几个洞，有的在草坪边上，有的紧挨着石头，让这条乱叫的哈巴狗若不折腾得喘不上气便没法烦扰到它。

为了跟它交上朋友，我们先是用一根细棍搔它的背，这样的做法让它颇感舒适，总是会满足地鼓起肚皮，发出咕噜咕噜的声音。但你永远都搞不清它到底什么时候才能知足，或是被碰到了哪个柔软的身体部位时，它会像是尊严受到侵犯似的愠怒地跳到花园里去。后来，我们开始用苍蝇和嫩肉丁喂它，为了让这些东西看起来像是活的，我们会抓着几根草摇晃一下，同时用口哨吹出某种声响，好让它知道这是它晚餐就绪的时候。由于我们温柔的对待和爱抚，它也终于变得驯服起来，只要听到口哨声就会从白昼间活动的门阶下爬出来，精神抖擞地朝着我们的方向蹦过来，让我们喂它并陪它玩耍。

随着夏天的推进，在和它变得更熟之后，我们惊奇地发现蟾蜍有不少有趣的习性。不过，在我看来，它捕食的方式和技巧是最能带给我们持续的欢乐和惊喜的源泉。光是看它潜近苍蝇的方式就足以让人感到那种不亚于猎鹿的紧张的兴奋感。每当天光渐暗，它坐在树桩或土堆旁时，总会有些还在活动的苍蝇或早出的夜虫在它面前落在地上。这时，它那宝石般的眼睛就会立刻变得

神采奕奕。它会趴伏下去，向近处爬去，像鸭子一样踮着脚走路，动作变得越来越慢，小心翼翼将一只怪模怪样的小脚掌擦过另一只，十足地显出猫追踪墙上的花栗鼠时的那种鬼祟和谨慎。等到离自己的猎物更近一些时，那对宝石便会精光四射。同时你会看见一个红色的条状物射向半空，动作快得肉眼根本无法看清，但苍蝇已经不见了。这时，蟾蜍已经开始狼吞虎咽，不知道吃下了什么东西。它的眼皮肃穆地合了起来，似乎是在做饭前祷告，又像是为了能心无旁骛而闭上眼睛，以便能更好地享受美食。

那红色的条状物自然就是蟾蜍的舌头，那里隐藏着它捕食的奥秘。它附着在蟾蜍嘴的外缘，能向后折叠至咽喉。向内的那一段宽而柔软，布满黏液，像蜥蜴般向外射出时只需眨眼的工夫。任何运气不佳的昆虫只要被它黏上就只有死路一条。那条黏性十足的舌头将猎物整个儿卷起，继而又被收回到蟾蜍的大嘴里，猎物根本没有伸展翅膀的时间，甚至来不及思考自己到底遇到了什么事。

我曾经目睹它跟踪一只蚂蚱，那是个活蹦乱跳、通体碧绿的家伙。通过一个超长距离的远跳，这只蚂蚱离开了能保护它的草丛，正好落在了一片棕色土壤上。那里恰好是蟾蜍捕捉苍蝇的地方，因为我在那里放置了一个诱饵，引得苍蝇趋之若鹜。很快，蟾蜍的注意力就从苍蝇转到了这个更大的猎物身上。它的舌头刚射出来，起了疑心的蚂蚱就跳起来寻找躲藏的地方去了。那柔软的舌头差一点儿就把蚂蚱逮住了，但最终只击中了它的一条后腿，把它摞倒在了一边。随后，只不过一眨眼的工夫，蟾蜍已经又到了蚂蚱身后。只见它拼命地爬着，眼睛里闪着火光，舌头像道火焰一样收回又射出，击中了奋力地跳了起来的蚂蚱，然后，我就再也没见着它了。这一次，蟾蜍吞咽的力道更大，双眼闭合的时间也比以往长一些。它的喉咙里传来了反抗的沙沙声，那是蚂蚱沿着那条有去无回的道路下去时蹬着两条长腿发出的动静。

有一次，我把自己发现的一只大毛虫扔给了蟾蜍，谁料竟由此给大家带来了一次难得的全新的观察体验。那只毛虫浑身毛茸茸的，身上的硬毛刺根根直立，我疑心蟾蜍舌头上没有足够的黏液可以粘住它。但是蟾蜍却不像我这样疑虑重重，它的舌头飞了出来，同时肃穆地闭上了眼睛。只见那只毛虫把身体缩成一团，身上的毛刺变得比任何时候都要硬。这时，发生了一件怪事，那就是，蟾蜍的嘴巴张得特别大，而它的猎物通常又都非常小，以至于它根本尝不出什么滋味来，只是做着机械的吞咽动作。它似乎对捕捉猎物这事儿已经习以为常，以至于从没想过自己会有无法命中的时候，所以，当它睁开眼睛，发现毛虫还在原来那个地方时，心里显然一定在想：真玄乎，又有一只毛虫飞着送上了门——就像苍蝇们对我下的诱饵趋之若鹜一样。于是它再次把舌头射了出去，闭上了双眼，欣喜地做着吞咽的动作。但是，当它再次睁开眼睛时，眼前又出现了一只毛虫。要知道，在此之前，蟾蜍还从没有过这么顺当的供求体验。

它把舌头向外射了一次又一次，每次射完后都会闭眼、大口吞咽。在持续向外快速射出舌头的时候，它始终认为自己抓到了新的毛虫，但那毛茸茸的家伙却把身体缩得越来越紧，身上的利刺根根竖直，如同豪猪一般。蟾蜍的舌头每射出一次，上面的黏液就变得更多了一些。"这毛毛虫也太自大了，准没活头了。"跟我一起观看这场博弈的小约翰尼很快就有了结论。话音刚落，就见一团毛球被飞快地卷进了早已张大了等着它的大嘴巴里。之后，蟾蜍就又投身到它未竟的捕蝇事业中去了。

可能正是因为蟾蜍味觉不够灵敏，所以其食物惊人的多样化。不管什么昆虫，对它来说似乎都没什么问题。苍蝇、胡蜂、蟋蟀、毛虫、蚁蛉以及形形色色的甲虫，由它那红色闪电般的舌头品尝起来别无二致。五六个跟我一起观察这只奇怪宠物的男孩女孩都曾绞尽脑汁地想要找出它在进食方面的禁忌。有个摘黑果木的男孩带了三四只小虫子过来。这种虫子十分惹人嫌恶，每个乡下男孩都认识它，可没谁能叫得出名字。它有一个臭气熏天的习性，只要一受到惊扰，就会散发出强烈的异味，所以，这男孩自以为找到能让我们的宠物畏缩的利器了，但是蟾蜍风卷残云般地把它们全吃掉了，就像它们不过是摆在它面前的开胃小菜一样。还有个孩子带了些马铃薯瓢虫过来，但是它们碰到蟾蜍，就像鱼撞到渔网上一样。第三个孩子是家里菜园子的主管，摇头晃脑地声称他带来的东西没有哪个活物能吃得下。他用装辣根的瓶子装了一满瓶臭气熏天的南瓜虫，足有二三十只之多。他把瓶子往外面的地上一倒，然后就开始用棍子拨弄那堆虫子。

这时，有人跑了过去，把蟾蜍从它众多藏身地中的一个中弄了出来，放在那堆蠕动着的乱糟糟的虫子面前。有好一会儿工夫，它似乎是在吃惊地思量着自己的处境，随后便将身体往下一趴，开始上演那让人目不暇接的红舌头戏法。据我观察，在四分钟之内，所有还在动的南瓜虫就已经全部消失了；至于剩下的虫子，只要一被我们用稻草摆弄，显出还是活着的样子，就立刻被蟾蜍吞进了肚子里。

从那以后，我们放弃了在食物的多样性上试探它的尝试，开始专注于另一项显然更为简单的任务：查明它需要吃上多少只昆虫才会停止进食。但是即使在这一点上，蟾蜍的表现也杀了我们个措手不及；我们这些人，单独时也好，聚在一起时也罢，都没有摸清过它食量的底线。有一次，我们不间断地给它喂了九十只蔷薇刺金龟。还有一天下午，有三个小男孩不约而同地来了。于是我们把捉到的虫子放在一起，包括苍蝇、小飞虫和各种各样的爬虫，合计有一百六十四只。天还没黑，蟾蜍就已经把它们全吃光了，接着又跳到花园里开始它夜间的捕猎——似乎觉得自己在这个夏天的表现还不足以证明它是我们的朋友一样。

后来，我们不再煞费苦心地为它捕捉食物，而是改变了策略，让猎物自己飞到蟾蜍身边。在谷仓附近，有个被弃用了的排水沟，那里的苍蝇不计其数，提醒我们应该以更积极的态度改善自己的卫生条件。我用金属丝做了个小笼子放在那儿，里面放了只死老鼠和餐桌上剩下的残羹冷炙。当正午的太阳照到这些东西上，使得它们开始散发恶臭时，肥硕的苍蝇便蜂拥而至。苍蝇们此时发出的嗡嗡巨响似乎是呼朋引伴的信号，因为它们平常飞行时几乎是无声的，但只要一找到适合产卵的地方，就会变得闹哄哄的，每隔几分钟就会来回飞舞一趟。此时，其他的苍蝇听到了它们发出的这种信号，于是安静的飞舞变成了嘈杂的嗡嗡巨响。消息一旦传开——至少这种方法看来是奏效的——苍蝇们便从四面八方蜂拥而至了。

到了三点钟，我把正在门阶下冥想的蟾蜍带过来，把它放进笼子里。为了确保阳光不至于太过炫目，我找了片大黄叶来为它遮挡。然后，我便掏出自己的怀表，找了块石头坐了下来开始计数。

在最初的十分钟之内，蟾蜍只抓到了数十只苍蝇。在明亮的阳光下，苍蝇们对它格外警惕，而它此时还没有足够清醒来应对眼前的情况。过了一会儿，它在老鼠和食物残渣中间趴了下来，给自己挖了一个坑，因为那里方便它神不知鬼不觉地行动。之后，它便开始正儿八经地耍起那套红色的舌头戏法来。在接下来的半小时内，它以平均每分钟超过两只的速度捉到了六十六只苍蝇。一个小时过去了，它的记录达到了一百一十；在我离开之前，我们的敌人又被它捕获了二十多只。这时，气温下降，没什么苍蝇再飞过来了，我便把它带回到了门阶那儿。没想到的是，那天晚上，它还是一如既往地去花园里继续它出色的工作，只是比平常晚了一点儿而已。

当夏天的萤火虫（男孩们喜欢称它们为电光虫）出现时，我们见到了另一种奇特而有趣的捕猎场景。一天晚上，我们沐浴着柔和的暮光坐在门廊上。这时，我发现草丛中出现了发光的电光虫，那是当晚的第一只，像极了女士云鬟上的珠宝，于是便跑过去捉它。我刚把手探到一丛灌木下面，那点光亮忽然不见了，而我的手指碰到的不是别的，正是蟾蜍的后背。它也发现了那点光亮，于是便采取了借助篝灯的狩猎模式。

随后，我捉到了一只电光虫，把它放进一个小瓶子里，扔到蹲伏在暮色笼罩的草坪中的蟾蜍面前。透过玻璃，它看见了里面的光亮，立刻用舌头发动射击，然后，跟捕捉那只毛毛虫时一样，闭上眼睛并吞下了想象中的食物。当它再次睁开眼睛，发现草丛中又冒出了一只电光虫，出现的地方和方才那只的一模一样，它又一次用舌头发动攻击。那只小玻璃瓶被它拨弄得在草坪上团团转，直到在颠来倒去的古怪笼子里被弄得晕头转向的萤火虫收起翅膀，藏起那点小小的光亮为止。见此情形，蟾蜍才蹦走了事。此时它心里一定在想：今晚的萤火虫多得不寻常，捕食的体验也当真不赖，可是却难以满足饥饿的肠胃——跟跳起来捕捉藏在花园植物叶子背面的昆虫时的收获简直没法比。

事到如今，我已经不需多费口舌来使得好心肠的詹姆斯太太相信蟾蜍是友非敌了。事实上，她还特意嘱托一个小男孩找六只蟾蜍回来放在自家花园里，用来协助这只蟾蜍进行那出色的工作。每找到一只她就支付十美分的酬劳。多亏了这些默默无闻的小帮手们，花园迸发出前所未有的生机勃勃。但是蟾蜍的功劳除了给我们带来实用性，还带来了许多惊喜和意外，让我们一直保持着观察和探究的兴致。正如我所说的，它很快就懂得受召即来。另外，它还很喜欢音乐。当你轻轻地吹起口哨时，它便会停止夜捕，一动不动，直到你的哨声停止。如果你中途改变了曲调，或假如你吹得不那么动听，它就会跳走，好像你对它来说已经没有什么用了一样。

晚上，几个年轻人偶尔会聚在门廊上，一起唱起歌来——每逢这种场合，原本在门阶下休息的蟾蜍总会被引诱出来。有一次它甚至从花园里匆匆忙忙地跳了回来。那是它一小时前离开去寻找晚餐的地方，它似乎很喜欢安静的赞美诗，每每听到便会像礼拜者一样静止不动——詹姆斯牧师对此感到极为高兴——同时，它讨厌格泰姆钢琴爵士乐，从它的动作和态度鲜明的反应方式来判断，这种音乐对它毫无吸引力，也无法触动它奇特的遐想，它只要一听到便会转过背去。

一天晚上，有个声音异常甜美的少女靠着门廊上敞开的窗口唱起歌来。为了取悦老人，她挑了老人们最喜欢的简单而怀旧的曲子。舒缓的伴奏从窗户旁的钢琴上流淌而出，忽然，草丛里的一阵骚动引起了我的注意：那是蟾蜍在奋力地往台阶上爬，但它始终没能成功。我让詹姆斯先生也过来瞧这位奇特的宾客，并轻轻地把它举起来，带到了走廊上。它沿着栏杆跳到了歌者的身边，然后便一动不动地坐了下来。她唱了多久，它就心无旁骛地听了多久。但那一晚，唱歌的少女始终没注意到她的听众中还有这样一位小不点。

在那个夏季，这样的事情发生了两三次。那个少女的声音似乎有一种能令我们这位家养的小宠物痴迷的魔力，只要她甜美的声音一响起，它就会从藏身的地方爬出来，努力地往台阶上爬。当我把它拾起来放到走廊上后，它就会一路跳着来到歌唱者的身旁。只要歌声还在继续，它便会一直坐着安静地欣赏。后来的一天晚上，当它温顺地坐在她脚边，聚精会神地听了两首歌后，一位在纽约进修并时常举办演唱会的男高音受邀上前献唱。他以一首《哦，天呀》快速而粗暴地做了回复——这并非他唱的那玩意儿的名字，只是这位还在念书的小子对曾经流行一时的某支情歌的个人演绎。假如蟾蜍是一名德国的唱诗班领唱，它应该不会那样直率而确切地表达对这种鬼哭狼嚎的演唱的意见。它的反应倒不是因为那愚蠢的歌词，毕竟它没有了解其中含义的那份"幸运"；也不是因为那扭曲混乱、不堪入耳的旋律，尽管它的确已无可救药——而是针对歌者那硬憋出来的造作嗓音，这也是男高音们常犯的毛病。当第一个音符响起来的时候，它就开始躁动不安，快速爬到走廊边上。由于太过匆忙，它竟然头朝前摔了下去。不过，这倒也让它得以从走廊上下来，逃离了这场搅得人心神不宁的表演。

　　这猝不及防的逃离在原本静坐着欣赏表演的少数人中引发了一阵骚乱和极为失礼的反应。为了掩饰我那抑制不住的窃笑，我跟在蟾蜍后面溜走了。它显然是朝着种着大黄的那块地而去了，不到目的地就不会停止蹦跳。走到半路，我听见温柔的詹姆斯太太——一位心善又殷勤的女人——正用手帕捂着嘴剧烈地咳嗽着，好像她那敏感的咽喉被一阵冒失的气流给袭击了似的。但在我听来，这倒更像是我曾见过的一只躲在空了心的南瓜里偷笑的松鼠发出来的声音。不过，那位男高音还是继续唱了下去，顺利完成了那首歌曲。而这时，蟾蜍已经在忙着做一件更有意义的事：除掉花园里的害虫。只见它不时地坐起来，用一种它特有的滑稽方式抓挠着原本应该长着耳朵的地方。

之后不久，当我们对蟾蜍的喜爱与日俱增时，它那古怪的生活中最令人惊奇的点滴浮出了水面。跟那些更为高级的动物不同，蟾蜍没有受过一丁点来自上一辈的训练。作为一种低等动物，它的生活如此简单，以至于拥有直觉就已属意外。时而吝啬小气时而又挥霍无度的大自然，给蟾蜍省略了"教导"这一不必要的麻烦。但是，它在我们眼前做过的许多事，却根本不能用直觉来解释，同时，它也面临着许多仅靠天赋认知不足以解决的困难，而我们更是亲眼目睹过它是如何利用有限的智慧来应对这个世界给它出的意想不到的难题的。

夏季变得越来越炎热，蟾蜍离开门阶，给自己找了处更宜居的巢穴。所有蟾蜍在炎热天气里都会这样做——在草地、树根或腐朽的树桩下掏出一个用来当住所的洞。当骄阳似火时，它便可以在这凉爽而潮湿的阴影中打着瞌睡消磨时光。门阶前面通常铺着宽阔的石板，它们穿过草坪，通往人行道。多年严冬的冰霜已经让它们裂开了，裂痕有的严重，有的轻微。如今，不少相邻的石板间都长出了绿茵茵的草丛。在草丛面积最大的地方，蟾蜍不知道用什么法子发现了薄薄的草皮下面有个坑。它费了些功夫把草皮挪开，然后钻进位于石板下面的一个颇为宽敞的坑里。这里的舒适凉爽让它毫不犹豫地遗弃了门阶下的洞穴，而在此处用睡眠打发昏昏沉沉的八月。

由于自己本就是个捕猎好手，又在我们这里得了大量的人工喂养，蟾蜍长得越来越胖乎了。有时，当它早晨蹦跳着回家时，吃下不计其数的昆虫的肚子膨胀得老大。这时，它会发现石板之间的空间变窄了，这让它很是不快。其他的蟾蜍也会遇到这样的困境，要避免这种情况的发生，大不了把洞穴的入口拓宽一点儿就是了。但是，尽管我们这只蟾蜍竭尽所能地又挖又推，石板还是纹丝不动。

在经历第一次费力的硬挤后，它把入口刨得更长了些，但这于事无补，门口还是太过狭窄，出入都不太方便。这种情形，常常让我联想起一个大腹便便而自命不凡的男人为了进入自家房子而试图从旋转门中间挤过去的样子：又拽又推，最后终于哼哧哼哧、踉踉跄跄地穿了过去，还不忘对这种新玩意儿怒目而视。从洞里出来倒是容易的，因为经过漫长的一天，晚餐已经消化完毕，它的身体也就消了肿；但如何在饱着肚子的清晨舒舒服服地入洞——这真成了个问题。

一天早上，我看见它从花园里出来的样子，立刻就意识到它要有麻烦了。那天晚上，它找到了几处住满了虫子的窝并大快朵颐了一番；回家的路上，它不再是蹦蹦跳跳的，而是拖着那圆滚滚的身体从草丛上一路爬到了洞口，此时，它唯一的心愿恐怕就是懒洋洋地跃进自己的窝里，再睡上个大觉。可惜啊！它根本进不去了。这次可真是吃撑得过了头。

一开始，它把自己的头和肩膀挤了进去，然后用力挤压石板的底部，想一点儿一点儿地钻进去。白费力气！它那胖胖的身体被卡在了顽固的石板之间，并且卡得越来越紧。它身体膨胀出的那部分比已经钻进去的部分要大得多，假如它能打量打量自己，那么只需要瞥一眼就应当放弃。但它耐性极佳，不懈地做着努力，直到又把自己推出了洞口，坐着观察那毫不友善的门口时，才意识到一切都无济于事，于是只好眨着眼睛，全身上下都是尘土和草根，一团糟的样子。它一边坐着，一边还不停地挠着原本应该长着耳朵的位置，似乎在卖力地思考。

过了一会儿，它似乎想到了解决问题的办法。只见它转过身去，把自己的一对后腿伸进了洞里，它想要倒着进去，但动作显得十分小心和笨拙，似乎并不习惯这么做。结果，这种做法比方才更糟，因为它那麻烦的腹部比先前卡得更紧了。而且，由于身体两侧的爪子都已经放了下去，每次推动过后，身体不但没有往下坠，反而还往上升出了一截。它以比上次更快的速度放弃了，因为这次它的脑袋在外，能清楚地看清当前的情形。到了最后，它躺了下来，似乎难题已迎刃而解。原来这次它是尝试着把身体竖起来，扭动着挤进洞口。这次的效果好了点儿，总算是能把脑袋和肩膀或是一对后腿从中间挤进去了；但是，这就像是井里的水桶一样，东头刚按下，西头又浮起，那它滚圆的身体拒不配合，怎么也没法跟身体的其他部位一同进入洞里。但看起来，它一直有所进步，每一次摇晃脑袋和四肢，都能将装着那份把它撑得难受的晚餐的肚子更好地定一次型。最后，由于实在是卡得太紧了，它开始奋力地挣扎着想要退出来，那股子劲儿倒比刚才往里拱时更足。它不顾一切地挣扎着，蹬了蹬腿，终于把自己解放了出来。这时，它又坐了下来，眨巴着眼睛望向洞口，陷入了沉思。

突然，它转过身来，把后腿往下伸进洞里。这次它比先前更为小心，生怕被卡住了。它竭尽所能地向下，终于落到了能搁住身体的地方。它先是一动不动地坐着歇了一会儿，用两侧的爪子撑住自己，随后慢慢地张开嘴巴，身体古怪地抽搐起来——对此种情形充满好奇的我手脚并用地悄悄靠近，朝它大张的嘴巴望下去。只见被它当作晚餐吞了下去的各种各样的苍蝇和夜虫一点一点地涌了上来，像放在篮子似的搁在它的大嘴里，与此同时，它的肚子还在下面蠕动着向上输送着东西，以此达到转移重心的目的。

那紧紧箍住它的石头松开了，它的身体也开始慢慢地滑了下去。扭动、转身、打滚，再加上一次突然的震动——大功告成了。蟾蜍靠在那里，两爪分别放在两侧的石板上，身体已经安安稳稳地进入了下面的洞里。而它的嘴巴仍然在上面，张得大大的，里面装着珍贵的内容，活像个迸裂的老式提箱。突然，它大口大口地将无辜受牵连的晚餐吞下去，挣扎一下，便钻进它凉爽的窝里消失了。

那天晚上它没再露面，但第二天晚上，它又一如往常地在花园里忙忙碌碌。让我们遗憾的是，它在离开门阶后，又遗弃了石板下那个通道狭小的窝。万一哪天早上回家时，它同时遭遇了猫头鹰尾随，那就是个大问题了——它可能考虑到了这一点，所以才会有此一举。因为当我再次见到它时，它已经安安稳稳地住进了一棵老苹果树的空心树根里，那里的入口够宽，不管吃了多少食物，它都能很快地钻进去。在我观察它的那段时间里，它都没有再挪过窝了。

夏季快要结束时，我又发现了它另一个分外有趣的特点，那就是它在寻找最佳捕食点时所表现出来的敏锐性。在它的窝所在的老苹果树后面有一堵石墙，墙根下面生活着许多昆虫。蟾蜍的窝在墙东侧，落山的太阳将阴凉抛洒在这个地方，引得我们的宠物比它习惯的时间更早地出洞。也不知道是用了什么法子，它发现落日的余晖会照射并停留在石墙的西侧，苍蝇等各种各样的昆虫落在热乎乎的墙石上，或歇或爬，在黄昏为自己取暖。就在洞穴的后面，蟾蜍给自己挖了条墙下通道。它会紧挨在西侧一块特定的灰色墙石旁，依靠身体灰蒙蒙的色彩极好地隐蔽自己，带着蜥蜴般的敏捷和笃定，将昆虫们一一除掉。当大大小小的昆虫从各自的洞里爬到外面温暖的墙石上晒太阳时，蟾蜍便稳稳当当、舒舒服服地趴在那里，用眼睛把它的捕食范围上下扫视一番，然后小心翼翼地爬到能够得着猎物的地方，射出舌头，用肉眼不可捕捉的闪电般的速度把它们一口吞下。在我留心观察那十几个下午里，我没见它失误过一次，而被它消灭掉的昆虫总数有几百只之多。

一片农田里通常会聚集四五头吃草的奶牛，在风和日丽的日子里，挤奶通常会在户外进行，奶牛们不必被赶进谷仓里。见过给奶牛挤奶的人可能都注意到过歇在牛腿上的苍蝇，它们密密麻麻地聚集在牛蹄上方，即便牛尾不安地扫来扫去，也无法惊动它们分毫。蟾蜍也注意到了这一点，所以经常会在挤奶时趁着奶牛安静的时候接近其中一头，把牛蹄挨个儿爬个遍，先把所有能够得到的苍蝇都解决掉，然后跳起来对付歇得最高的那只，用几乎一成不变的手法发动袭击后，便会跌落下来，用后背着地。可过不了一会儿，它又卷土重来，爬到牛蹄上，静静等着下一只落在它能够得着的苍蝇。最奇怪的一点是，它选择的始终是同一头牛，它不惜寻遍整个牛群来到这头牛的身旁。据我观察，它从来不接近其他任何一头奶牛。一段时间之后，那头奶牛似乎认可了它朋友的身份，只要蟾蜍还趴在它的蹄子上，即便奶已经被挤完了，它仍旧会站在原地一动不动。

随着夏天的逝去，花园里的绿意消失了，它也离开了那里，去更偏远的地方继续它的夜捕。蟾蜍的野性也增强了，每到秋天，万物皆是如此。终于，再响亮的吹哨声也无法将它唤回了。它到底是落入了猫头鹰的手里，还是跟从前一样延续着大自然赐予它的寿命，我已经无从得知了。不过，就在我写作这会，在那个长着半支莲的花坛里，有一个可疑的坑，风霜雨雪也不能将其完全掩埋。等到春天来临时，我一定会格外留意，看胖子蟾蜍是否还记得它的老朋友们，因为我对此所怀有的，绝不只是泛泛的兴趣。

黑熊的窝

　　有一天，在穿越一片与西南小河接壤的茂密森林的漫长跋涉中，我发现一条被灌木遮蔽的若有似无的老路。反正手头也没什么更要紧的事，我便沿着这条路往前走去，想看看它能把我带到哪里。在近期内，除了我这双脚以外，还有双脚也干过一样的差事，因为沿着小溪而去，每块泥土松软的地面、每根朽败的木头、每片长满了苔藓的沼泽和烂泥地上，都有深深的足迹和爪印。它们告诉我，有只黑熊曾经在这条相同的小路上往返了许多次。由于已经知道能在道路的尽头发现些什么，所以，当这条路引着我来到一个伐木场的院子里时，我丝毫也没觉得惊讶。

　　这样的地方总是格外迷人，因为在漫长的冬季里，人们可以在这森林的深处过一点儿简单的生活，与尘世所有其他的繁杂事务隔绝，于是我便开始静静地在棚屋周围游荡，想看看能有什么发现。低矮的马厩门热情地开着，尽管在这隆冬时节堪称舒适，但里面霉烂又阴暗，散发着一股臭味，只有箭猪侵入的痕迹。我只瞥了一眼就离开了，转而来到了住人的棚屋。

这里已经大门紧锁，但房顶有一个被黑熊掏出的大洞，于是我把它当作入口爬了进去。黑熊已抢先我一步来这里造访多次了。大房间里的床铺、橱柜，甚至是火炉，每个犄角旮旯儿都已经被洗劫过了。熊身上那种类似狗臊味的强烈气味到处都是，显示着它不久之前还来此搜刮过。这边角落里的大锡铁盒子被粗暴地打开了，撒出的面粉散落在地板和长椅的各处，好像这地方曾遭受过旋风的侵袭一般。显然，这是只玩心颇重的黑熊。也有可能是发现自己费尽周折才弄到手的东西干得难以入口，因此大为光火。地板和墙上，随处都能看到一只白色的熊掌印。显而易见，这是一只小熊的手掌。它一定是来迟了一步，不得不接受其他的熊给它留下的一切。

在面粉被撒出来之前，有一个小桶或类似桶的容器曾经滚落在了原木地板上。我立刻就明白了过来，眼前所见的正是第一只闯进来的熊留下的踪迹。也正是这个大家伙掏出了房顶上的那个大洞，然后把整个仓库都嗅了个遍。在最终找到自己心仪的东西，它并没有捣什么乱。那个容器在它的掌下四处乱滚，里面装的东西被大量地洒了出来。黑熊跟着它，把在地板上发现的东西舔了起来，连一丁点儿能透露当时细节的渣滓都没留下；但是，在地板上，只要是阳光充足的地方，都聚集了成群的苍蝇，这让我意识到那东西一定是甜的——没准儿是糖浆——黑熊把那东西全部吃完以后，就把那个说不好是提桶还是罐子的东西带走并舔了个一干二净，这几乎是黑熊在洗劫伐木场时的例行做法。

其他黑熊随后也走进仓库里，发现了一些可怜的不义之财。其中一只黑熊打开了一只剩了一半的猪肉桶，尝了一点儿里面那咸滋滋的东西，然后又好奇地嗅了嗅放置很久的一堆旧鹿皮鞋。十几根斧头和钩棍被从桶里拔了出来，胡乱地扔在地上，只是因为熊想看看里面是否正好藏了好吃的。大橱柜里的每只锅子都被掏出来拍了一两下，这样熊才能知道它们最后都烹调过什么食物；还有一只熊用后腿站立了起来，一巴掌把高处架子上的东西全扫了下来。总之，这仓库已经被彻底地洗劫过了，假使再有其他的熊过来，也搜刮不出什么好东西了。如今，这小屋似乎正静静地等待着伐木工人们在秋季归来时好好整顿一番。

我从房顶的大洞爬了出去，仔细地查看起外面的大院子来。假如黑熊曾从里面带了些什么出来，在附近必然能有所发现；至少，我对于寻找森林动物碰过或把弄过的任何东西都有着浓烈的兴趣。河狸在头一天咬断的桤木棍儿，它用爪子拍打得光滑无比的小泥饼；小浣熊在妈妈离家时在洞里用来当作玩具以消磨时间的木头疙瘩；两三只熊曾经背靠着比较过高矮和伸长了身体挠过痒痒的大树；松鸡击过鼓的木段；驼鹿脱落的角；不知名的动物留下的踪迹；猞猁的旧巢。诸如此类的东西，以及无数其他东西里面，都藏着一种说不清的魔力，能把我从自己的路上拽出老远，只为了能站着看一会儿那些野性的小脚丫经过的地方，解读它们留在身后的那些无声的痕迹。

仓库前面是伐木工人在漫长的冬季里劈砍木头的地方，那里有一堆木头碎料。我走到木料堆上，为它巨大的尺寸而惊叹不已。碎木片在我身后纷纷滑落，发出巨大的哗啦声。突然，我的脚边传来一阵可怕的闷响，一只黑熊像被炸出来一般从那堆碎木料里冲了出来，头也不回地钻进了寂静的森林里。

在如此平静的日子里发生这种事真是够惊人的。我原本想要找的只不过是黑熊扔下的东西，而不是黑熊本尊。我呆若木鸡地站在木料堆上，目不转睛地望着这只熊离去的背影。起初，我忍不住猜想它到底是从哪儿冒出来的，然后便开始后怕起来：假如当时我从屋顶的那个大洞钻进棚屋时它也恰好在里面，后果会是如何？而当我从木料堆上下来后，竟发现了一个熊洞，是我在森林里见到的熊洞里最怪异的一个。

在木料堆的北边有一条由黑熊挖掘的几英尺长的隧道，木料堆中间的东西被掏空了，形成了一个小小的洞穴，大小正够让黑熊躺进去。当我把自己的脑袋探进去后，诧异地发现这竟然是一个中规中矩的冰屋，碎木料之间的缝隙严严实实地填满了冰雪。我检查了一下木料堆的其他地方，结果也大都如此。那些处于表层下一两英尺处的冰都保存得极好，仿佛这个时节并非仲夏，而是一月份。这是个透不进一丝阳光的阴凉之地。至于它是怎么形成的，我很快就想通了。

整个冬天里，伐木工们都是在这同一个地方劈砍木头的。他们所使用的唯一工具就是斧子。这个过程中产生了大量的碎木头片和垃圾。当天上下起大雪时，他们只图省事，没有及时地清理积雪，而是在上面堆积了更多的碎木料，把下面的积雪压得严严实实的，又用新的碎木片把它盖了起来。就这样，这堆东西不断"生长"——先是一层碎木片，接着是一层厚厚的雪毯，然后又是更多的碎木片和积雪——变得越来越大，就这样一直持续到四月份。此时，大地回春，伐木工人们锁上他们的棚屋，用车载着木头离开了森林。

当森林里的积雪在春日的阳光下消融时，这堆木料却在逐渐回暖的天气里慢慢地冻住了。正午时分，顶上的那层积雪融化成水，沿着碎木料淌了下来；到了晚上，它又被冻得硬邦邦的，慢慢地把里层的雪转化成不太坚硬的冰。当森林里的积雪完全消失时，木料堆里面的雪却留存了下来，因上面盖着一层厚厚的木头毯子而一直无法融化；即便是最为漫长的夏季也很难将它的最里层融化，那便是在上一年的秋天里的第一场雪落下时形成的。

我发现这个地方的时候正是七月初。头顶便是炽热的阳光，外面飞舞着的苍蝇和蚊子数不胜数；但在这个熊窝里，还有两三层的坚冰尚未融化。整个洞穴就像冰箱一样清凉，任何苍蝇都没法在里面停留哪怕是一秒钟。

正当我的眼睛逐渐习惯了阴暗的环境时，我发现在熊洞深处有样闪着微光的东西。我把手伸进去，把那件东西掏了出来。发现那是一个石罐后，我立刻就反应过来：这就是那个原本装着糖浆，后来又被打翻在地板上的容器。黑熊可能拔掉了上面的软木塞，让罐子滚动，以便舔食从里面流出来的东西。等到再也弄不出什么东西来后，它就把罐子夹在自己胳膊下面从房顶上的洞里钻了出去，带回自己阴凉的洞穴里再次舔了个遍，生恐漏过了一

滴糖浆。还有一种可能：它喜欢把自己的舌头和鼻子从罐口探进去，去闻一闻那再也无法触及的香甜气息，聊以自慰。

我曾见到过一两个古怪的冬日熊洞。当它被从自己的冬眠地赶出来，而不得不去遥远的险固之地另寻住处时，我也曾不辞劳苦地在雪地里追寻它的踪迹，带着那股甩掉其他试图追踪它的猎人的坚定决心，无休无止地跟在它后头。我曾不止一次发现过它洗澡的池塘，也曾见过它在仲夏时分寻到的避暑阴凉地—— 一个是在桤木林下的鳟鱼溪里泥泞的涡流中，另一个则位于某个大峭壁下北侧一片爬满了苔藓的凹地里——好躲避苍蝇和炎热。但是它们都没法跟这个由伐木工人打造而最终被它巧妙地征用了的冰屋相提并论。从周边的迹象判断，它已经习惯在每天阳光最烈的时候来这里小睡；尽管黑熊有许多奇特的生活习性，但它竟然生了如此幽默的心眼，会把石罐随身带回洞里，这一点对我产生了更为强烈的触动。不管黑熊在不在洞里，这里都是安全的，因为除非受到主动邀请，否则熊是绝对不会进入其同类的洞穴里的；而当其他的熊还在炎热的棚屋里寻找咸猪肉或干面粉聊以解馋时，这只黑熊正舒舒服服地躺在自己的冰屋里，舔着那代表着独属于它的战利品的糖浆罐。

翠鸟的育儿园

　　时至今日，翠鸟还是跟它的爬行类祖先一样在地上打洞，因此别的鸟都把它视为异类，不愿意跟它产生什么瓜葛。但是它对此毫不介意，咔嗒咔嗒地鸣叫着，过着没心没肺、自给自足的生活，除了捕鱼和进食之外终日无所事事。但是，假如跟着它，你会惊奇地发现，它在很多事情上都有极为出色的表现——说实话，比森林里的任何其他动物都要出色。由于光线折射的存在，瞄准静水下的鱼是件相当困难的事。鱼游动时，阳光照进水塘里，水面被风吹得皱起，生出无数千变万化的"沟壑"和"山脊"——在这样的条件下翠鸟还能将喙直指向鱼并不偏不倚地命中它，并用爪子从鱼鳃后面狠狠抓住鱼身。它绝不是那种只会在鳟鱼溪上喋喋不休地鸣叫着的脑袋空空的凡类。

　　这就是我最初观察翠鸟后获得的印象。这篇速写即是对那些深刻的第一印象的记录，并不会涉及对翠鸟的颜色、斑纹或繁殖习性的描述——所有这些东西都可以从鸟类专著中获悉——翠鸟的学习途径是怎样的？它又如何向小翠鸟传授智慧？针对这些问题，这里提供了一个可能的答案。

一年夏季，在我营地下方一个满是鳟鱼的水塘下游，有一方被树荫遮蔽的水池，里面有许多体形较小的鲦鱼，有点儿像是上游鳟鱼的一处小食物仓库。每当黎明和黄昏时分，鳟鱼都会来这里觅食。假如你精心往鱼钩上挂一条红鳍，再从一棵悬出的树杈上把它抛入水里，有时候没准儿还能钓上一条大鱼来。

一天清晨，我正好坐在树上时，一只翠鸟疾飞到河的上游，然后消失在对岸，原来它的巢就筑在那里，巧妙地藏在一片悬突的树根下方。即便我曾经多次在这个水塘钓鱼，也曾见过翠鸟咔嗒咔嗒地叫着飞来飞去，却从来没有发现过它的巢。当我靠近时，它们变得格外聒噪，越过鳟鱼塘朝着上游飞去了，留下一长串拉得长长的咔嗒咔嗒的叫声——毫无疑问，这是个诡计，目的是为了让我误以为它们的巢搭建在遥远的上游。

从此以后，在钓鱼的间歇，我都会密切地关注那个鸟巢，并由此了解了许多足以让人对这个默默无闻而又聒噪的鸟中异类产生赞叹和尊重的大量事实。它对配偶非常忠诚，会在它孵蛋期间给予最为殷勤的喂养。它不缺勇气，相当无畏。有一天，就在我眼皮子底下，它赶走了一只水貂，险些把那凶残的家伙给杀死。它对捕鱼有明确的条条框框，并会予以严格执行。它永远不会离开它的领地，也绝不会容忍在自己的鲦鱼池上的偷猎。在它那乱蓬蓬的脑袋里，装着多不胜数的捕鱼窍门——假如能把它们从里面弄出来的话，足以让以萨克·沃尔顿的揭秘显得像幼儿的胡言乱语。不管吹的是南风还是东北风，不管天气是阴沉还是晴朗，它都知道上哪儿能找到小鱼，也知道怎么能抓住它们。

一旦幼鸟被孵化出来，翠鸟就会展示出它生命中最为有趣的一面。一天早上，当我藏在灌木丛里坐着观察时，发现母翠鸟的头从洞里探了出来，焦急地四下张望着。原来，在岸上一段搁浅的木头上有一条身子伸展开了的大水蛇。很快，它就朝蛇猛扑了过去，把它赶跑了。就在上方鳟鱼塘的末端，有一窝雄麻鸭正在阴凉的地方呱呱叫着戏水。它们是无害的，但母翠鸟也向它们发起了袭击，像卖鱼妇一样又叫又骂，风风火火地把它们撵进了一个安静的沼泽里。

在往回飞的时候，它遇到了一只大青蛙。这个严肃的家伙显得困意沉沉，正趴在睡莲叶上等着晒太阳。青蛙有可能会捉到小鳟鱼，甚至是前来喝水的小鸟，却绝不会滋扰鸟窝里的小翠鸟；但是翠鸟母亲却咔嗒咔嗒地高叫着，像个挥舞着笤帚打扫着未经清扫的房间里每个犄角旮旯愤怒的管家一样，猛地落在了那只困乏的青蛙头上，逼着它手忙脚乱，像被老鹰追着一样骂骂咧咧地跳到了泥里。这时，母翠鸟再次环顾了一下四周，看是否已将河面上的所有危险都清除了，并向有可能疏漏了的森林动物发出警告的鸣叫声。警告完毕后，它便像只心满意得的鸭子一样摇晃着尾巴冲回了自己的巢里，没了影踪。

片刻之后，一只小翠鸟从洞里探出头来，用它那双充满了野性的眼睛第一次观察着这个大大的世界。忽然，它从后面被推了一下。这打断了它的沉思，但它却镇定自若地顺势飞到河对岸的一根枯树枝上了。其他幼鸟也如法炮制地被逼着飞了过去，似乎有谁事先嘱咐过它们该怎么做，该往哪里去。最后，这一大家子都坐成了一排，它们身下是潺潺的小河，而头顶上则是深蓝色的天穹和沙沙作响的森林。

这便是它们的第一课，而上课的奖赏也随之而来。天刚亮，雄鸟就外出捕鱼去了；而现在，它开始从自己的蓄养池里把鲦鱼带回来饲育它饥肠辘辘的家人，并用自己的方式告诉它们，眼前的这个大世界与它们在堤岸里的那个洞大不相同，这里更适宜居住，还为它们提供了取之不尽的食物。

接下来是更有意思的捕鱼课。学校是一个安静而清浅的水塘，鱼儿在其间的游动显得特别清晰。水塘中有一截探出水面的木桩，方便鸟儿们俯冲而下。老鸟们捕回来一大堆鲦鱼，弄死后胡乱地扔到树桩旁的水域。然后，它们会把幼鸟带过来，向它们展示猎物，反复地示范俯冲和捉鱼的方法。饿着肚子的小家伙们会热情高涨地参与这项运动，但其中还是有一只胆小的。母翠鸟向下俯冲了两次，抓起一条鱼来，先给它看了一眼，然后又用一种极具逗弄意味的方式把鱼扔了回去——直到这时，胆小的幼鸟才鼓起勇气作出了冒险的尝试。

几天后的一个早上，在沿着岸边漫步的途中，我遇到了一方完全从主流断开了的小池塘，里面有十几二十条因受到惊吓而胡乱游窜的鲦鱼，仿佛来到了陌生的地方一样。我站在那里看着它们，好奇地猜想着它们是如何从干燥的沙洲来到这里的。正在这时，一只翠鸟嘴里叼着一条鱼飞到了上游。发现我后，它不动声色地打了个转，从下面绕了过去，然后就消失了。

再次把目光转回到那群鲦鱼身上时，我忽然想起那间奇特的小小野生育儿园。于是，我蹚着水过了河，跑到灌木丛里躲了起来。经过一个小时的等待后，翠鸟悄悄地飞回来了，咔嗒咔嗒地叫着朝下游掠了过去。很快，它又和配偶一道拖家带口地飞了回来；目睹了自己父母向水中俯冲的样子，又品尝了它们抓回来的鱼的滋味后，幼鸟们也开始猛扑下水为自己捕起鱼来。

第一次入水通常会无功而返。如果真有鲦鱼被抓了上来，那必然也是老鸟们为了鼓舞幼鸟的士气故意弄伤了后扔到生气勃勃的鱼群中去的。尽管如此，在经过一两次的尝试以后，它们似乎开始掌握捕鱼的窍门，喙朝下，像铅锤一样骤然扑下，或以刁钻的角度冲下来，能准确地叼住向深水处逃窜的鱼。河里水流湍急，捕鱼并不容易，只有老练的渔夫能有所收获；而最为平静的水塘里又没有鱼。能找到鲦鱼的地方，其水流或堤岸对小翠鸟而言都是不利因素，因为它们还没学会盘旋，不懂得如何让自己的翅膀配合捕鱼的行动。因此，翠鸟便找到了个条件适宜的水塘，自己往里面放了些鲦鱼，好让配偶教起学来更为容易，让小家伙们收获更丰。在它的这套方法中最有趣的一点就是，在上第一课时，它会把活蹦乱跳的鲦鱼带回自己的"育儿园"，而不是把它们弄

死或弄伤。它很清楚，鱼是没法从水塘里逃脱的，而它的小家伙们能慢慢地捕鱼。

几个星期以后，当我再次见到这一窝小翠鸟时，它们已经学有所成了。它们不再需要受伤或被俘的鱼来填饱肚子。它们对活蹦乱跳的鱼充满了兴趣，而且还向我展现了一场奇特的游戏——也是我曾见过的发生在翠鸟之间的唯一一次游戏。

那次，我一共见到了三只翠鸟。起初，它们各自栖息在奔腾的激流之间竖立的树桩上。水里满是鲦鱼、幼鲑和活泼好动的小红鳍。突然，像是听到了"出发"的指令般，它们喙朝下俯冲下来，一头扎进了河里。转瞬间，它们就已从水里钻了出来，飞回了各自的树桩，用力地把头朝后仰去，带着那种能把它们全都噎死的仓促，把抓来的鲦鱼顺着喉咙吞了下去。做完后，它们开始在树桩上蹦跳起来，不管不顾地咔嗒咔嗒地欢叫起来。

一开始，我对它们完全没有留意。但它们将这游戏重复了两三次，猛地扎进激流，在刹那之间又冲回终点。随后，它们的目标变得跟身下的溪流一样清晰起来。由于吃喝富足，无忧无虑，它们竟玩起游戏来，比赛谁能第一个回到栖木并吞下自己抓来的鱼。有时，它们中的一两只没有抓到鱼，便会垂头丧气地飞回来；每当它们仨的表现不相上下时，它们便会叽叽喳喳地叫个不停，非争个明白不可；但争执结束的方式总是一样的，那就是重新再比赛一次。

翠鸟这家伙生性孤僻，生活里没什么乐趣，能与它共享这种乐趣的同伴更是少之又少。这无疑是它在捕鱼方面特有的条条框

框导致的结果：每只翠鸟都得有片特定的湖或溪流，为它自己所独有；只有同属一个家庭的幼鸟们会一起捕鱼。因此，我确信，它们就是那种在我的眼皮子底下进行过早教的那几只翠鸟。此刻，它们在用自己的方式享受生活，而在食物丰裕、无忧无虑而又快乐的秋季，森林中所有的动物都是如此。

野猫的花招

　　野猫是一种还没有在人类的猎捕下消失的凶猛野兽。有时，当你向农场上面那片树木繁茂的山坡爬去时，你会忽然撞见一只长得恶形恶状、像猫一样的生物在大石头上摊开了身体晒太阳。它一见到你就立刻咆哮着跳了起来。敏锐的直觉让你把它看了个仔细。它个头足有家猫的两倍大，长着圆圆的脑袋，那对绿幽幽的大眼睛冷漠地、直勾勾地盯着你。它身体两侧的皮毛呈红褐色，布满了斑点；肚子上的毛是白色的，掺着些许黑色——这样有助于它在光影之中更好地隐藏自己。毫无疑问，这是一只猫，但跟你从前见过的任何猫都不一样。

　　正当你看着它时，一个微弱的声音把你的注意力吸引了过去。那是它在警惕地活动它那双长而粗壮的腿上的肌肉，同时，一种带着警告意味的喉音伴随着这样的举动传了过来，这跟心满意足的斑猫发出轻柔的咕噜声不一样，而像是那双可怕的大爪子在干枯的落叶上满怀着恶意伸出来并践踏时发出的声响。它那短短的尾巴摇来摆去——你原本根本没注意到它长了尾巴——愤怒地来回抽打着，似乎是为了叫你注意大自然并没有忘记赐予野猫一根尾巴。呼，呼——这是条尾巴——呼呀！这猛兽发出的咄咄逼人的尖叫声让你吓得跳了起来。

假如这是你平生见到的第一只野猫，你会一时不知所措——除非你手里持有棍棒或猎枪，按兵不动总是上策——假如你已经跟野猫有过多面之缘，你对它此番的所作所为仍会是一样地不确定。不管多凶猛，大多数的野生动物都不爱多管闲事，也会尊重你心中同样的想法。但是当你与一只野猫狭路相逢时，你永远也拿不准它下一步的举动。因为它跟所有的猫科动物一样是种行为鬼祟而奸诈的生物，永远也不知道怎样跟你打交道才是最妥帖的。它会毫无理由地怀疑你，因为它知道你有理由怀疑它。通常情况下，它都会悄悄溜走或是跳开寻找庇护了事，当然最后会根据你接近它的方式而定。尽管其体形天生就比加拿大猞猁和黑豹小，但它却比这二者都要凶悍。有时它会肆无忌惮地当着你的面蹲伏下来咆哮不止，甚至只要你一有动作，它就会朝你的胸口扑过来。

我听说，有一次，有个行人趁着暮色匆忙回家，途中不凑巧地在一只野猫躲着观察道路情况的树下停住了脚步。他对自己的处境浑然不觉，但那只野猫竟像复仇之神一样猛地扑到了他的肩上。这人并不知道附近有野猫，而且，假如他一直稳步往前走，可能也就永远无法得知这件事了。据他事后对我的转述，当时，他心中忽然警报声大作，所以才会驻足聆听。而就在这时，他头顶上的凶兽以为自己行迹败露，于是便率先发难了。随之发生的便是突袭、尖叫、衣服撕裂的声音和救命的惊呼；接着，有两个樵夫回应了他的呼救，带着斧子高喊着冲了过来。那天晚上，那只野猫的皮就被钉在了谷仓门上——先晒干变黑，然后做成暖手筒，给樵夫的小女儿在苦寒的冬季暖手指头用。

在大多数同类已被赶走的文明社会，野猫显得怕生而沉默；但若换成是在有农场零星分布的树木繁茂的荒僻山坡，它就会比在无人居住的旷野时显得更为胆大而吵闹。康涅狄格州的山中，哪怕已近黄昏，隔着烧炭工人小屋的那扇门，你仍能听到它的尖叫声及和同类打架的声音，那种哀嚎不绝的骚动比你在荒野里听到过的任何动静都更能让你从脊梁骨里生出寒意来。沿着烧炭工人们平常给水壶灌水的那条盛产鳟鱼的溪流前行，你也可能会撞见在倒下的桠木上拉长了身体的野猫，它正专注地盯着鳟鱼塘，等待着，等待着——在等什么呢？

要回答这个问题，需要花费经年累月的观察，因为每个曾经追随过野生动物的人都曾反复地问过自己这个问题。所有的猫科动物都有一种耐性——静静等待的耐性。除非是饿得受不了了，否则它们捕猎的方式就是守在猎物经过的路旁观望，或是蜷伏在猎物饮水地上方的一根粗枝丫上。它们有时也会改变自己的路数，独自或成双地在森林里漫无目的地徘徊，盼着好运降临，猎物能自己送上门来。因为它们的捕猎技术实在蹩脚。它们很少跟踪猎

物，这不仅是因为它们的鼻子不太灵敏——在下雪天，即便是像
鹿留下那样清晰的蹄印，它们也会因失去耐性而鲁莽地改变路线，
结果只会把猎物吓得头也不回地逃走。然后，它们会蹲在矮云杉
下，用圆溜溜的眼睛一眨不眨地望着猎物留下的踪迹，等着那饱
受惊吓的家伙再回来，或是别的动物踩着同样的蹄印出现。在训
练自己的幼崽时，母野猫也总是咆哮不断，显得既暴躁又神经质；
但假如有火鸡咯咯叫着出现在丛林的远处，或是叫它看见麝鼠跳
进水下的洞穴里，或是飞快地闪进自己隐蔽的门洞里的小林姬
鼠——那种耐心就会立刻重新回到它身上，它那龇牙咧嘴的暴脾
气也就全都不见了。它会蹲伏着开始等待，把其他一切都抛在了
脑后。即便它可能刚刚享用完最爱的食物，饱得失去了食欲或捕
捉更多猎物的欲望，可它还是会监视下去，好像是为了确信自己
并非看花了眼，小林姬鼠仍然在那块爬满了苔藓的石头下——因
为在它消失的那一瞬间，它分明就在那儿看到它那匆忙的小短腿，
听见了它惊恐的吱吱叫声。

　　但是，野猫为什么会这样注视着满是鳟鱼的池塘，即便里面
从来没有冒出过任何能回报它耐性的东西？这是一个困扰我多年
的疑问。我曾多次见过野猫趴在树枝上或躺在悬突于水面的巨岩
附近。它全神贯注地观望着，连我好奇地靠近都没有听见。我曾
两次在独木舟上看见猞猁出现在野湖岸边，蹲在那饱受风雨侵蚀
的老松树根之间。它目不转睛地盯着下方那幽深的池塘，爪子几
乎都要碰到水面了。还有一次，我在一条野河上钓鳟鱼，对面就
是一堆横七竖八的树枝和漂流木。突然，我手里抛垂鱼钩的动作

停了下来，因为一种奇特的感觉告诉我，有一双看不见的眼睛正在监视着我这项孤独的运动。

在丛林里，对这种警告的讯号多加留心总不会错。我迅速地上下张望了一番，但是在那湍急的水流上方并没有任何生命经过。我仔细在河岸搜寻了一番，把探究的目光投向身后的森林，但河岸却像造物之初一样荒凉寂静，唯一能看到的只有一只闪躲的冬鹬鸪，这种鸟总像是在寻找某样不想让你知道的失物一样。我再次拿出了飞钓竿。就在我的假饵落水处，一朵小浪花被激起，不远处有东西在动。它紧张地蜷曲着，摇晃着，扭动着。那是条不安分的尾巴尖儿。当我辨认出那头在倒下的木段上伸展身体的灰色巨兽的轮廓，并撞上了它那双死盯着我的野性十足的眼睛冒出的冷光时，一股寒意无可抑制地涌遍了我全身——尽管我一发现它，它就像道丛林魅影一样消失了踪影。那是只黑豹。可是，在把目光转移到我身上来之前，它到底在那儿在看什么？

答案来得出人意料。那是在仲夏的佩米奇瓦塞特山谷。天刚拂晓时，我轻轻地沿着林中小道来到那条满是鳟鱼的池塘，见到一只水貂沿着河岸在水里钻进钻出，渐渐在木段之间没了影踪，而我则静静等待着其他丛林动物的出现。这时，在一截木头的尾端出现了轻微的动静——是只大野猫，悄无声息的，仅凭眼睛很难察觉它的存在。只见它小心翼翼地朝下伸出一只爪子，先是朝后翻转，然后又古怪地向内扫去。接着，它又把整个动作重复了一次，而我看见它那像鱼钩一样长而弯曲的利爪向前飞出，大幅度地向外伸展开去。它是在捕鱼，用印第安人般的耐性刺杀自己

的猎物；我刚有此发现，就见沿着它爪子挥过去的方向有一道银光闪现，而紧接着，野猫便跳到了岸边，蹲在了那条被它甩出了水面的鱼上方。

这样看来，野猫在注视着松鼠洞的同时还在关注着池塘里的动静，因为它曾在那里发现过猎物；何况，它对鱼的喜爱超过了丛林能给予它的任何其他食物。但是，在最终把一条肥鳟鱼抓到手之前，它得来观察它多少次？有时候，在傍晚时分，最肥大的鳟鱼会从水塘里钻出来，沿着河岸寻找食物，在巡游的当儿，它们的背鳍会在清浅的水里露出来，而这有可能就是野猫逮住它的时机。发现鱼在水深处发出的微光后，它就会在已经静候了一阵儿的地方蹲伏起来，遵循着猫科动物那无法压制的用目光追随猎物的冲动。在这一点上，野猫跟所有其他的猛兽都不一样，因为它们只要不饿，就不会刻意留意更小的动物。

也许，野猫掌握的招数还不止于此。密克马克族的猎人老诺埃尔曾告诉我，野猫和猞猁——说起招数，这两种动物干起蠢事来倒总是花样迭出——都掌握了一种高明的捕鱼方法。它们会把头靠近水面躺下来，弯起随时准备快速抓挠的爪子，还会把眼睛半闭起来以欺骗水中的鱼，同时用自己的胡须触碰拨弄着水面。它们身体的主色和周围的环境融为一体，将它们完美地隐藏了起来。这时，鳟鱼会注意到被它们的长胡须触碰的水面泛起的细细水波，但却无法分辨出那蜷伏在木段或岩石上的动物，因此便会按照觅食的惯例跃出水面，结果就会被一对爪子以闪电般的速度横扫出去。

事实是否如此，我无法确定。无疑，浣熊常用这种方式捉螃蟹和小鱼；我偶尔会撞见把头探近水面的猫科动物——包括野猫和加拿大猞猁，还有家养的斑猫——它们蹲伏着一动不动，看起来就像是身下的木段或岩石的一部分。有一次，我花了五分钟，试图帮导游分辨出一只趴在与我们的独木舟相距不过三十码的一个显眼的树根上的大猞猁，但这位导游却十分笃定地悄声对我说，他看得一清二楚，那不过是截树桩罢了。结果，那只猞猁听到了我们说话的动静，站起来盯了我们一会儿，然后就跳到灌木丛里去了。

这种隐藏术很容易使鳟鱼上当。因为我也经常会趴在横七竖八的乱木堆边上，全身一动不动，只是用手里的稻草或细枝拨弄着水面，就像昆虫在戏耍一样；十分钟过后，就会有鱼小心翼翼地从木段下面浮上来一探究竟。

这样看来，老诺埃尔提到的野猫用自己的胡须捕鱼可能是对的，因为鱼和猫的生活习性似乎都印证了他的这一观察结果。

但是，比它的那点儿花招潜藏更深的是它在遭遇反抗或被逼到绝境时的那份与生俱来的多疑和扭曲的暴怒。由于它喜欢在夜间追踪野兔，于是，擅长设陷阱的猎人们就在野兔经过的路上设下陷阱，这跟他们用来猎捕它的大表兄猞猁的方法如出一辙。他们会在圈套结相对的绳索末端绑上一根杆子。当脖子被绳索套住了的野猫往前跑时，这根杆子就会跟在它后面一蹦一跳的。换了是狐狸，它会慢慢向后退直到摆脱圈套，或老老实实地躺着，用牙齿咬断绳索并逃脱。但是，跟所有受到束缚的猫科动物一样，野猫会立刻陷入盲目的暴怒之中。它会对着那根无辜的杆子尖叫，用爪子抓它，同它搏斗，在狂怒中逐渐让自己窒息而死。假如换了是只心机稍重的老猫，它也会谨慎地走开，任由那根束缚着它、令它浑身不适的东西挂在身后晃荡，爬到它能找到的最大的树上。当快要爬到树梢时，它会把那根杆子悬挂在一根树枝的一头，自己则爬到下面的另一根树枝上，以为这样就能戏弄它那愚蠢的"敌人"并把它抛在身后。这样做的后果通常只有两种。要么杆子被树的枝丫绊住，最终让野猫吊死在自己打造的绞架上；要么杆子被猛拉后掉到地面，而野猫也会随之被拽下来，而它也往往就这样丧命在这圈套之中。

用"残酷"和"野蛮"这样的词语来形容这种捕猎装置都算是褒奖。但是，对猫科动物来说，幸运的是，在北方的森林里，这种圈套几乎已经绝了迹，唯有大西北部的混血种族还在用它猎捕猞猁，屡试不爽。但是，猎人们利用动物的某种特殊习性来困住它并最终让它丧命，他们这种煞费苦心的钻研还是令人叫绝的。

野猫生性多疑，却又不像狐狸或狼那样狡猾和聪明，它们即便耍起花招来，也带着猫族独有的特点，这从它们身上某种古怪的习性上就能得见一斑：那就是，它们会把自己偷来的任何东西带到高耸的常青树上，把树梢当作进餐的地点。当它们凭一己之力抓到野兔或鱼时，通常都会当场吃掉；而如果是从陷阱、地窖或比它个头小的猎手那里偷来同样的食物，猫族的那种多疑就复苏了——再加之还有那种所有动物多少都会产生的隐隐的不道德感——它们会带着战利品仓皇逃走，找到一个自以为没人能发现

的地方再狼吞虎咽地吃掉。

　　有一次，我一连在鱼鹰的巢穴下蹲守了好几天，就为了观察那些畏畏缩缩地前来偷吃被饱餐后的小鱼鹰扔掉的食物残渣的动物们，结果发现，猫的这种习性在此时展现得淋漓尽致。其他的动物过来时，总是把能找到的悄悄吃完就溜走了；唯有猫科动物，找到一口吃的就会死死按住，两眼闪闪发亮，摆出对抗一切法律和秩序的样子，要么一边吃一边凶巴巴地低吼不止，要么就负罪似的悄悄溜走。据我尾随而得来的观察结果，它们会爬到附近最大的树上，找到能容它蹲下的最高的那根枝丫后才开始享用那口吃的。有一年的十一月，我在缅因州的海岸目睹了一场恶战。有只野猫从鹰那儿偷来了食物后正蹲伏在树梢上，一心想要夺回自己猎物的大鹰在野猫头顶不停地盘旋，向它发起猛扑，野猫则凶神恶煞地咆哮不止，二十只魔鬼同时发声也不过如此。

　　到目前为止，野猫所使用的一个最为奇特的花招是我在几年前的一个夏季见识到的，而直到最近，我才开始意识到，这可能是一项非同寻常的发现。但在去年夏天，一个每年必去纽芬兰钓鲑鱼的朋友却发现加拿大猞猁也有类似的习性，这也就说明，所有的猫科动物在偷来食物后，都会爬到树梢上再享用。说来奇怪，我从没发现过任何能表明它们靠自己老老实实捕捉到过什么猎物的痕迹。那会儿，我趁着渔期来到新斯科舍钓鳟鱼，我完全没想到会在那儿遇见它，因为当地的冬天格外严寒。照理说，野猫应当会把这里的地盘让给它那更为骁勇的长腿表兄猞猁。猞猁的脚更大，脚上的肉垫也更适合在雪地上行走。即便是在南部的伯克郡，你也能循着野猫的踪迹发现它与恶劣天气狭路相逢的地方。为了寻找松鸡和野兔，它忍受着饥饿，穿过深及腹部的积雪，像只家养的斑猫一样扑腾着，最终却不得不绝望地躺下来等着雪停。可是，令我意外的是，那里真就有野猫出没，而且比我所见过的所有野猫个头更大，也更为凶悍和狡猾。不过，我也是经过了漫长的搜寻才有此发现的。

有天早上，我从黎明一直垂钓到将近下午六点，总共就钓上来两条肥美的鳟鱼，而这就是那条小溪在这一天里给予我的全部产出了。这时，我想起了山那边的一个林中小水塘。我发现它的那会儿，里面看起来似乎有不少鳟鱼，而我此前从没见有人在那儿用飞钓竿钓过鱼。与其说是想多钓两条鱼，不如说是来了探索的兴致，我便盘算着去那片新的水域一试运气。

在丛林里面爬山异常艰难，于是我把所有的东西都扔下了，随身只带了钓竿、渔轮和蚊钩盒。我把外套挂在最近的灌木上，将抄网打横放在一块被荫蔽的岩石上，把手插到树根下面，又把钓来的两条鳟鱼扔进网里，用羊齿蕨和苔藓盖上，好叫它们免于暴晒。然后，我就穿过丛林，朝着那个小水塘出发了。

几个小时后，当我空手而回时，却发现鳟鱼和抄网都不翼而飞了。自然，我的一个念头就是，它们一定是被谁给偷走了。于是我四下寻找起那小贼留下的踪迹来；但是，除了我自己的足迹外，溪流的上下游都没有任何其他人的足迹，于是我在岩石边更为仔细地查看起来，结果发现少量苔藓、鱼鳞和某种动物的脚印，但它在砂砾之间显得很是模糊，难以判断究竟属于哪种兽类。我循着这条仅依稀可见的踪迹走了一百多码后便进入了森林里面，最终在它的指引下来到一棵巨大的云杉树下面。所有的痕迹在那里都彻底断了线索，似乎那动物和抄网一起消失了。就这样，我还是没能弄清脚印是谁留下的，只能放弃了。

一连两个星期，我都一直因这个窃贼而耿耿于怀，倒不是因为我损失了两条鳟鱼和一个抄网，而是在面对那串消失了的足印时，我的森林追踪技巧竟然派不上用场，这让我坐立难安。我丢的那副抄网挺大的，用来钓鳟鱼显得太大太重了。在垂钓之旅出发的前一刻，我才发现自己的鳟鱼网已经烂得没法用了，所以只能把手头仅有那副特制的四十英尺口径的抄网带了出来，那原本是我在新不伦瑞克北部作科考时从湖中收集样本用的，有很长的手柄。我曾经多次测试过它的手柄，发现它完全能替代鱼叉把一条重达二十五磅的已被戏弄得筋疲力尽的鲑鱼从池塘里捞上来，哪种动物能把它拖着穿过森林，而又能不留下任何躲得过我这双眼睛的清晰印记呢，这让我困惑不已。这种对它的身份及它没当场把鱼给吃掉的原因的揣测，让我好奇到了极点。是猞猁，流浪的狼，还是至今仍让冬日围炉而坐的人们满怀敬畏地提及的印第安恶魔？对此，我苦苦思索了一个星期。后来我又去了那里，试图追寻那片青苔间微不可辨的痕迹，但还是无功而返。从那以后，每当经过那附近，我都会试着再追踪一次或是在林子里绕着大圈子四下搜寻，一心想找到那副抄网或能揭示那把它偷走的野兽身份的明确迹象。

随后的一天，我正在森林里晃悠呢，忽然意识到，尽管我已经顺着那条足迹追踪了三四次，却从未想过查看一下在它消失处的那棵树。带着这样的想法，我来到了那棵大云杉下，而且顺理成章地发现了星星点点散布其间的亮棕色，那是粗糙的贝壳被敲碎的地方。除此之外，还能看见一点儿闪着微光的白色，那是鱼被暂时抵在树皮上时留下的一点儿黏液晒干后形成的。不管这野兽到底是什么，它都一定曾带着自己的战利品爬上过这棵树。我急切地追寻着它的踪迹向上望去，很快就有了新的发现。

在树枝参差不齐的树梢上，我终于找到了那副抄网。它那长长的手柄牢牢地插在两根树枝之间，柄端套在一根突出的断枝上，网兜则垂挂在半空。网里有一只大野猫，它圆圆的脑袋从网底一个被咬出的大洞里挤了出来，脖子被如琴弦一样紧绷的坚韧网眼套牢了。它的四脚曾经又抓又推，想冲破网眼，但每一次的踢打和挣扎只加速了束缚它和使它窒息的进程。

这种种迹象让我大致清楚了事情的经过。野猫发现鱼后便起了偷盗的心思，但是那副怪模怪样的抄网和上面铿铿作响的手柄让它疑心大起。带着野猫特有的透着蠢劲儿的那种心机，它把抄网一并带走，开始攀爬自己能找到的最大的那棵树。快到树梢时，抄网的手柄卡在了树枝之间。正当它试着把手柄弄出来时，网兜和鱼却晃悠到了树干外面。从抄网手柄下方的树皮上留下的痕迹来看，我发现它曾攀附在树突上试图抓住在外面晃荡的鳟鱼；而手柄上方某根树枝上留下的痕迹则显示，它曾经趴在那儿眼巴巴地望着就在它鼻子下面的网兜里的鱼。然后，它要么就是从这根树枝上掉了下去，或者，更有可能是，它在盲目的愤怒中跳进了

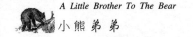

网里。裹紧的网兜把它囚了起来，铁打的栅栏都没这么高效。当我第一次循着它的踪迹追到这棵树底下时，它可能还趴在我头顶的某根树枝上死死地盯着我。但等到我第二次再来的时候，它已经死了。

这些就是足能确信的全部细节。但是，这个被撕裂的网眼，那簇脱落的毛，那条在摇晃的树枝上被挠开的裂缝，四下的景象都是那场挣扎留下的痕迹，而当时那只野猫是如何狂躁暴怒，却只能全凭想象了。

动物的手术

生病的猫会吃草，因闹肚子而心神不安的狗也会找些野草胡乱地咽下去，好使自己的身体舒服些，这样的情形大多数人都见到过。少数人可能还翻看过约翰·卫斯理关于保健艺术的指南——但这些内容在他关于灵魂的著作中并没有被提及——可能也曾被他的主张激发兴趣而特意关注过，因为据他称，在他那个时代，人们常用的药都是对为治病而四处找药的动物们进行观察后才发现的。"能用来治愈动物的药必然也能治愈人"便是他无可撼动的论据。另外一部分读者可能对印第安历史和民间传说有深入的研究，并因此而了解一个事实，那就是：许多为美洲部落所使用的草药，特别是用来治疗风湿病、痢疾、发烧和毒蛇咬伤的药物，都是直接从动物们那里偷师而得。他们留意到患了风湿的老熊会挖掘蕨根或在泡在含硫泉的热泥里洗泥浴，也曾热切地观察被响尾蛇咬过或被发烧折磨的野生动物究竟吃下了哪种植物。还有一些人对源自东方的希腊生药材知识兴趣浓厚，也曾从书中了解到，阿克列比德严守的奥秘及追随医神埃斯科拉庇俄斯的治疗仪式中都包含许多简单的治疗方法，而这些方法的功效最初便是在自然环境下的动物们身上得到验证的；此外，被尊为智者的古代最伟大的医师希波克拉底曾一路穿越阿拉伯半岛并深入岛上最为偏远的沙漠，他的那些关于医疗的名言，必定也有不少应归功于他本人或其先辈在户外观察野生动物时的所见所得。所有这些先知和读者很可能都曾考虑过一个问题：动物们的所知到底有多少？它们又是如何获得这些知识的？

今时今日，有个例子可以简单地对这个问题予以说明：当一头被狗群追逐了一整天而最终靠着横渡冰河而逃生的鹿感到精疲力竭时，它会在雪地里就地躺下睡觉。如果换作人类，这样便意味着速死。但这头鹿并不会睡得太死，在夜晚的一半时间里，它每隔一会儿就会起来四下走动。这样，等到第二天早上，它的状态就会恢复如常，做好了再跑一轮的准备。但是，如果它被关进温暖的牲口棚里睡上一夜，那么，就像已经在公园动物身上测试过多次的那样，第二天早上，人们会发现它已经死在了那里。

这是一项有建设性的自然疗法，假使被希腊人或印第安人所发现，应当会被立即当作一种对抗极端寒冷和疲劳的方法或用来治疗因中毒而导致的肌肉麻痹。当然，这种疗法略显粗犷了些，但其治疗功效却足以让它受到某个不幸对化学药物、苏格兰威士忌和糖丸一无所知的族群的尊崇，或许他们中的某些人还会神叨叨地建议往里面加些难以理解的磨制粉末进去。

不可否认，动物有时候会用原始的手法吃点药，给自己做点儿手术。对此，唯一的疑问就是：它们是怎么知道这种办法的？称其为一种直觉不过是对问题实质的回避，透着股愚蠢劲儿，因为动物的许多行为都跟直觉的范畴搭不上边。鹿通过四处走动而非沉睡去保住自己的性命，这案例也许能跟直觉扯上些许关系。但我个人认为，它似乎与经验关联性更强；在相同的条件下，如果换作是一头小鹿，躺下后无疑只有死路一条，除非有母鹿在附近督促它走动。不仅如此，在更大程度上是因为它服从了当下最为强烈的冲动，这是所有动物自打生下来后便已习惯或受训而形成的，跟直觉是两码事。除非人们自愿采纳极端的贝克莱的哲学，将直觉视为一种时时刻刻监管着动物的精神人格。通常，与治疗或原始手术相关的知识似乎只为少数罕见的个体动物所掌握了，而并不像直觉那样广泛地为所有物种所拥有。这种知识，或随便你怎么称呼它，有时候会被共享，因此也暗示了动物间的一种沟通方式，而动物们的行事方法我们只能惊鸿一瞥，得到些细微的迹象而已——但这就是另一个能单独成文的话题了。在这里，笔者并不想去回答"如何"及"何处而来"这样的问题，只是提供一两件我在森林里的亲眼所见，为深入而更为翔实的观察提供依据。

最基础的手术便是骨折后的截肢术了，但它发生的频率并不高，只有当伤口因溃烂或苍蝇叮咬而化脓并危及全身时才会发生。在此事上，最好的范例可能是浣熊，这种动物身上的许多特性让它即使在聪明的动物中也能位居前列。当浣熊的脚骨被子弹打碎后，它会立刻将其截断并在流水中清洗残肢，这样既能减轻炎症，也能保证伤口的高度清洁。在愈合期间，它会像狗一样经常用舌头舔舐伤口，可能是为了达到清洁的目的。同时，柔软的舌头按摩也有助于减轻伤口肿大并缓解疼痛。

这样的行为是否是纯粹的直觉使然，到现在为止还没法下定论。孩子把受伤的手放到嘴边吮吸并清理伤口的行为，究竟是出于纯粹的直觉，还是因为他目睹别人这样做过，抑或是因为在孩童时期曾有人用亲吻为他驱赶过疼痛，于是当母亲不在身边时，他便会无意识地效仿起来？这个我真不知道，也没有人能为我解答。

大多数母兽会经常舔舐自己的幼崽。它会清除刚出生的幼崽身上那层薄膜留下的所有痕迹，并把它们身上的气味舔得一干二净，以免饥肠辘辘的潜行动物循着气味找了来，给整个家庭带来灭顶之灾。这样的行为是爱抚，还是某种从出生起就开始实行的卫生措施？当然，幼崽们能感觉到来自柔软舌头的深情触摸，所以，它们舔舐自己伤口的行为可能仅仅是一种基于记忆的模仿——顺便一提，这两种因素也是所有基础教育的根源。当然，这个解释跟截肢手术扯不上关系，而手术的内容并不仅止于此。

当我还是个男孩的时候，身上的那股子野蛮劲儿让我对设陷阱猎捕十分热衷，部分是出于天性中对追逐的热爱，也是为了多赚点钱好填补孩子那空空的口袋。有一次，我的捕兽夹捉住了一只麝鼠。夹子乍一发力便滑进了深水里，那只麝鼠也因此被仁慈地淹死了。这都得归功于纳蒂·丁格尔的悉心教导。我曾坐在他脚前学习森林生活技巧，而他也正是用这个法子保全了所有猎物的皮毛；因为猎物在踩进陷阱后，往往会先扭动身体自行断骨，再用牙齿把腿咬断，这样就能逃命，只把自己的脚留在陷阱的钳口里。这种情况在毛皮兽中十分常见，甚至激不起让人评论的兴致；我时常发现在我的陷阱里溺毙的动物们生前竟还曾遭受过其他捕兽器的蹂躏，至今回想起来仍然难过不已。

有件事我记得格外清楚。有一次，我在自己设下的某个陷阱附近发现了一只大麝鼠，正准备上前射击时，突然察觉到它有点奇怪，于是便停下了脚步。那个陷阱设在浅水处，那里有一条麝鼠开辟的由水下通往草丛的路。陷阱正上方用尖头棍挑了一根萝卜，用来吸引麝鼠的注意力，同时也是为了给它一个盼头，直到它一脚踩进下方那致命的坑里为止。但那只老麝鼠并没有走那条路，似乎它曾经在类似的地方吃过苦头一样。它没有选择那条由祖先开凿的路，而是从陷阱后面的另一个地方钻了出来。这时，我发现了一件叫我懊悔得痛心疾首的事，原来它的一对前肢都已经断了，而且有可能是因为曾两度落入人类那可怕的发明里而在不同的时间里被截断的。从溪流里钻出来后，它用后腿站了起来。由于失去了前爪的支撑，它只能像熊和猴子一样摇摇晃晃地穿过草丛。它极为谨慎地爬到了那引诱物旁边的一簇草上面，用前腿那可怜的残肢把萝卜拨到怀里，就地吃了，然后就又钻回了溪流里面。当时暮霭沉沉，这一幕让还是个孩子的我感到新奇不已，以至于在走向陷阱的时候把开枪的事都给忘了。

这件事并不能算我的经历，但那天晚上，陷阱就被收了起来，再也没有被带出去过；现在，只要经过这样的陷阱，我都一定会用根棍子把它戳一下来触发它，这样就能让一条无辜的腿幸免于难了。

不过，这都是闲话了；我差点儿忘记了我正在谈及的关于手术和那只特别的麝鼠的话题了。就在几天之前，这只麝鼠曾经落进过别的猎人设下的陷阱里并咬断了自己的一条腿，伤口尚未愈合。令人称奇的是，它竟然用某种黏性的植物胶——有可能是从一棵在麝鼠能轻易够着的在近地处裂了口或被剥了皮的松树上取得的——把伤口覆盖了起来。整片伤口及上面的腿都被厚厚地涂满了，这样一来，所有的灰尘，甚至是空气和水分，都能被彻底地隔绝在外了。

最近，一位在温哥华岛生活和捕猎的老印第安人告诉我，他曾数次抓到过为逃离陷阱而已经自行截断了腿的海狸，其中有两只都像我见到的那只麝鼠一样，用厚厚的植物胶盖住了伤口。还是这位印第安人，去年春天在自己的陷阱里捕获了一头熊。它身体的一侧有一条被其他熊的爪子所伤的长长的伤口，但上面已经被涂抹了一层厚厚的云杉树脂。他最后的这番经历跟我自己的某次遭遇倒颇有相通之处。几年前，我曾在新不伦瑞克的北部射击过一头受过枪伤的大熊，子弹狠狠地击中了它并贯穿了它的一条腿。它用黏土小心翼翼地堵住了伤口，而这样做显然是为了止血。然后，它又从河边取了些稠软的泥巴盖在被子弹撕裂的皮肤上，这样可以避免苍蝇接触伤口，也给了伤口自愈的机会。值得一提的是，熊对树脂和黏土的使用都比较随意，但河狸和麝鼠却知道不能使用黏土，因为它在水中很快就会被冲刷掉。

以下便是我许多亲眼所见，或从可靠的猎人那里听来的事例中挑选出来的几件，它们能表明动物们身上还有一些东西是超越了天生的本能。假如我把目光投到鸟类身上，这样的事例会少一些，但却更能引人注意。这是因为，作为层次较低的生命，鸟类比其他动物更容易服从于天性，更难从母亲那里学会什么东西，在改变自然习性以迎接环境挑战上的速度也要更慢一些。

当然，作为一般性的结论，它一定会有许多例外。比如，从英国输入澳大利亚的雀类鸟就彻底改变了其筑巢的风格。如今，它们巢穴的样子已经跟自己父母的完全不同了。新英格兰的小金翅雀会给自己的巢穴做一个活底，把被燕八哥留下混在自己蛋中间等着孵化的鸟蛋掩藏起来；相较在荒野里生活的同类，在人类居所附近生活的松鸡野性更强，也更为机敏；燕子舍弃了家乡森林里的空心树和土堤，转而住进了文明社会里的烟囱和谷仓里——所有这些和许多其他例子都证明鸟类直觉的修正并非难事，年轻一代的鸟也会掌握父辈从未拥有过的智慧。不过，尽管如此，我认为鸟类的直觉比兽类更为敏锐的这一说法还是准确的。下面的

这些例子能更充分说明，如果我们想要解释这些长有羽毛的家伙们的许多行为，就应该把目光放到直觉之外，考虑后天训练和个体偶然发现的因素。

在我所留意过的鸟类手术中最为奇特的一个细节，就是前面章节中提过的，丘鹬会给自己的断腿打一层泥石膏。但除此之外，还有件几乎同样令人称奇的事，而其中的疑问则更难以解答。那是在某个早春的一天，我在南塔克特岛上看见两只绒鸭在圆丘塘上游来游去。眼尖的批评家们看到这儿会说我一定是搞错了，因为绒鸭是生活在远海的咸水动物，永远也不会进入淡水水域。在见到这两只绒鸭之前，我也是这么认为的。于是我坐下来，观察了好一会儿，才琢磨出它们改变习惯的原因。每年的这个时节，这种鸟总是成双成对地出现，有时候甚至会有延绵百余码的鸟群从你头顶经过。它们飞到时贴近水面，围着你的观测点盘旋，先是一只美丽的灰色雌鸟飞了过去，紧随其后，又来了一只漂亮的黑白相间的雄鸟；雌鸟和雄鸟在长长的队伍里从头飞到尾，极为规律地互换着位置。但我眼前的这两只却都是雌鸭；这也是我撇下其他几百只散布在这个大水塘上的白骨顶、雄麻鸭和阔嘴鸭而专门观察它们的另一个原因。

我注意到的头一件事就是，这两只鸟的行为都很怪异，它们把自己的头浸到水面下，每次能保持整整一分钟甚至更久。这很令人费解，因为它们身下的水非常深，难以觅食，何况绒鸭总是喜欢等到退潮后才去收集从岩石中暴露出来的贝类，而不会像白骨顶一样跟在猎物后面潜进水里。快速降临的夜幕把这两只绒鸭掩藏了起来，而此时它们仍像被施了魔法般地把头浸在水下。而我呢，直到离开时，对自己见到的这一幕仍是一头雾水。

几个星期以后，这个池塘上又出现了一只大雄绒鸭，行为也是如出一辙的怪异。莫非这是一只受了伤的鸟，因为头部挨了子弹而犯了失心疯？带着这样的怀疑，我摇着一条慢船跟了出去；但是，像所有其他的鸭子一样，我一接近，它就逃走了。振翅高飞了一阵儿后，它远远地落在了水塘的另一端，重又把头扎进了水里。我好奇到了极点，决定伏击这只新来的绒鸭，好容易才终于从一处灌木丛后头把它给射中了。在它身上，唯一不同寻常的东西就是多了一只长在海里岩石上的那种大贻贝。此时，贻贝紧闭着的壳夹着绒鸭的舌头，这样一来，绒鸭既不能用喙把它啄碎，也没法用脚将它蹬下来。我将鸭喙从贻贝紧闭的壳中拔出来，并将鸭绒放入自己的猎物袋里，带着更多的疑惑回家了。

那天晚上，我找到一位脑中藏有野生动物百科全书的老渔民，询问他是否在淡水区见过这样的浅滩鸭。"有一两次吧，"他回答道，"它们会把自己的脑袋埋到水里，有点儿像疯了似的。"但他并没有对此给出什么解释。直到我把在鸭子舌头上发现的贻贝给他看时，他的脸上才泛起光彩来。"这种贻贝不可能生活在淡水里。"他只瞥了一眼就下了定论。霎时间，我们俩同时明白了绒鸭那怪异举动背后的原因：它只是想将贻贝淹死，好解救自己那被夹住了的舌头。

这种解释无疑是正确的，因为为了证实它，我曾做过把贻贝放进淡水里的试验，同时也对觅食的绒鸭进行了更为细致的观察。整个冬天，沿着河岸都能看见它们的身影，因为它们可以食用满布在暗礁上的贝类。每当潮汐落下时，它们便会从浅滩游到河里，成群结队地散布在水面上，把暗礁上的贻贝啄下来连壳一起吞下去。有好多次，我用树枝做了几只假鸟放在前面，自己则躲在码头的岩石间观察前来觅食的绒鸭。它们很快就会朝诱饵的方向靠过来，像打招呼似的反复张开双翼；当发现自己并没受到用相同的展翅信号来表达的欢迎时，它们显然是生气了，径直游到树枝做的假鸟身边来，凶猛地在它们身上到处乱啄，随后便会嫌恶地离开，在我脚下的岩石间成群地散开。只要我静止不动，它们便会对我的存在毫不在意。和其他野鸭相比，它们的性子要温驯得多，但遗憾的是，要想让它们相信人类并非它们的死敌，也需要花费更多的时间。

在一边观察着它们，一边希望能有机会再次看见它们中的某只被贻贝夹住舌头的时候，我又发现了一桩怪事。当一群绒鸭从高空中飞过时，只要有任何突发的声响——高喊声或是近处的枪响声——都会让它们整群闪电般地从高空盘旋而下，直至接近水面为止。初次从拉布拉多来到此地的珩科鸟也显示出了同样的习惯，但尽管我下了一番功夫搜寻，却还是没能找到任何令人满意的解释。

在绒鸭进食的时候，贻贝时常会用自己的壳紧紧地夹住某些不够谨慎的鸭子的舌头，从而避免被压碎、被吞食或被扔到岩石上摔烂的厄运。这时，掌握了窍门的绒鸭便会飞到淡水里，淹死

这个折磨自己的家伙。这样的智慧是否是所有绒鸭都具备的，还是仅为寥寥几只个体所掌握，目前还无从得知。我自己就亲眼见过三只绒鸭掌握这样的技术，而听说过的至少也有十几起。它们也都是绒鸭，目击者也都称发现它们出现在淡水塘或淡水河上，把自己的头反复地扎进水里。不论是哪种情况，背后都有两个值得玩味的问题：第一，作为一只从生到死都活在海上的鸟，它最初是如何意识到某些贻贝在淡水里就会被淹死的？第二，当同样的需求意外地出现时，其他的鸟又是如何在当下便了解到这种方法的呢？

无枪狩猎

　　猎枪和户外相机捕猎当然能给人带来好处。不过，这样的猎人也要付出自己的劳力，经受烦恼和失败。这是他为自己的成功付出的代价。在我看来，不带猎枪和户外相机捕猎的人能得到更为丰厚的回报，而且不需要为此付出任何代价。如要评价这种好猎人，那就应当引用从非洲回来的传教士对他的第一批会众的评价："他们是容易满足的人，以日光为衣，以重力为食。"因此，无枪狩猎是和平人士的运动，这种人到森林里是为了休息，让自己的灵魂成长，是为了在一整年让人心力交瘁的生活后暂时地放松身心。当他划着独木舟在水道里缓缓而行，或沿着小径悠闲地游荡时，不必随身携带猎枪、三脚架或多余的感光片。他为自己活着而高兴，因而也不以见到野生动物死亡而乐。只要能看、能听、能有所感悟便已心满意足。他不必心浮气躁或大汗淋漓地找准阳光的位置，精确地计算三十码的距离。我听说，好脾气的人也会因猎物在镜头里躁动不安，或因太阳被云遮挡，或因感光片速度不够快，又或是当猎物逃走后，才发现自己用来拍摄公驼鹿的胶卷上画质最好的地方竟然被某处风景或一条路过的独木舟捷足先登了——这的确够让人头疼的——而火冒三丈，咒骂不止。

我无意诋毁任何合法的狩猎行为，因为这些我全都尝试过，并且得到了丰厚的回报。我只是单纯地喜欢不需要猎枪和户外相机的狩猎，超过任何其他形式的狩猎，原因有三：第一，因为它适合夏季，令人感觉悠闲而惬意；第二，在这个过程里，没有麻烦，没有烦恼，没有失望，对一个已经与这些负面情绪对抗够久的人来说再好不过了；第三，它会让你深入了解野生动物们的生活和个性，这是任何其他形式的狩猎都无法比拟的。正因为你是以平和的心境接近动物，身边没有刺激性的东西，所以它们敢于自然而无所顾忌地展示自己，甚至会对你产生一点儿好奇心，想知道你是谁，你是来干什么的。它也会感到紧张或兴奋，这个度的把握全在于你。你可以爬着穿过灌木丛，熊和它的幼崽正在那里采集蓝莓，那模样儿既贪婪又好笑；当你静静地划着桨，也许会撞见一头大驼鹿，它的头整个儿都埋在水里，只露出宽阔的鹿角；舒舒服服地躺在阳光斑驳的小路旁，也许会有松鼠从你腿上跳过去，或是野鸟好奇地落在你的足尖，你甚至有可能看见带着鼬鼠类特有的那种狂喜劲儿在你身边大跳扭腰舞的鱼貂，因为它终于发现了一个小时前从你身边飞跑过去的那只野兔或松鸡留下的踪迹，这可是清晨的森林中最为罕见的景象。选一个宁静而漆黑的夜晚，沿着水路独自悄然前行，轻轻打开你的篝灯，便能撞见野鸭、驼鹿或是母鹿与它的幼崽们——由所有这些事情带来的快乐和兴奋感，足以满足任何热爱森林的人。这其中也隐藏着等待发掘的智慧。特别是，你要谨记，你遇到的这些个体动物都是此前从未为人所见过的，它们每一只都是独特的，每时每刻都会显现出一些任何自然主义者都没有见识过的古怪小把戏或动物生命的特性。

去年夏天我是在马塔戛蒙的野营地度过的。就在我营地的下方有一片小小的湖滩，两端都有茂密的树林环绕，那也是整片湖上最得鹿群喜欢的地方。我们刚到时，鹿群就已经在我们的营地附近活动了。有时，从营地门口就能看见它们在湖滨上的身影，而每到黄昏时分，它们就会小心地潜行过来，偷吃些土豆和苹果皮。慢慢地，营地里的喧闹把它们赶到了远处的山脊上。但是，每到暴风雨来临的夜晚，当营地里一死寂，所有的灯都熄灭后，它们又总会回到这里。在帐篷里，我总能辨出在我帐篷上或零星或滂沱的雨声之外，还有一种小心谨慎的窸窣声或是树枝的断裂声。假如我潜进外面的河岸里，便会遇到两三头鹿——通常是一头母鹿带着它的幼崽们——站在我们柴棚那开了裂的屋顶下，躲避那下得势如瓢泼的大雨。

那片小湖滩离得还要远一些，得先穿过一片湖湾，从我们的营地上既听不见那儿的动静，也看不见那儿的景象，所以尽管我们每天都去那儿看他们，它仍然是鹿群永远也不会舍弃的去处。

只是，我怎么也没弄明白它们青睐这个地方的原因。在这片湖上，更大而更平坦的湖滩多得很，其中至少有十几处的海滩能适宜觅食；但光顾此地的鹿的数目却远远多于其他任何地方。附近有一片很大的野草地，远处的山坡上有茂密的躲藏地，在那儿聚集了无数的鹿。在进入野草地开始夜间觅食前，它们便会来到这片小湖滩，嬉戏玩耍约莫个把小时。我毫不怀疑，这里就是它们固定的游乐场。野兔、狐狸和乌鸦——事实上，大部分野生动物都会选择来此娱乐消遣。

有一天，在黄昏时分，我躺着躲在这片海滩尽头的一堆老树根之间，观察着一场奇怪的比赛。八到十只母鹿、小鹿和头上的角还没分支的年轻公鹿来到空地上，分别绕着三个连成一线的圈快速跑了起来，就像这样。中间的圆圈大一些，直径大约有十五英尺，两边是两个稍小些的圆圈，直径不到大圆的一半——这些都是我事后根据鹿蹄印量出来的。围着其中一个小圆圈打转时，鹿群始终一成不变地从右向左跑，围着另一个小圆圈打转时，它们会改为从左向右跑，而围着中间的大圆圈跑时则顺逆方向都有。虽然当有两三头鹿同时围着这个圈打转，而其他的鹿在圆圈的交接处跳跃时，它们都会朝同一个方向跑动。游戏的过程里，每个圆圈都会被用到，但两个小圆圈的使用频率要比大圆圈高得多。每一头鹿都会快速地从一个圆圈切换到另外一个——但是最奇怪的一点就在这里：我从没见过哪头鹿，甚至是哪头小鹿穿过大圆圈，直接奔着一边的小圆朝另一个跑过去。当它们都走了以后，沙地上的圆圈还清晰可见，但是没有哪一条印记是从这些圆圈中横穿而过的。

这场游戏的目的很简单。除了寻求乐趣外，也是为了教会小鹿们快速转身和躲避的技巧；但是，尽管这些鹿从始至终离我都不超过三十码远，我不必用望远镜就能把它们的一举一动看个一清二楚，但游戏的规则到底如何，它们朝着相反的方向转圈跑是否是为了避免眩晕，我始终没能琢磨透。只要观看这场奇妙的游戏长达五分钟的人都会确信，鹿群对这游戏和它的玩法都非常熟悉。尽管它们跑得很快，那份轻盈和优雅令人咂舌，一点儿也没乱套。时不时地，总会有小鹿朝大圈跑过去，每当这时，都会有一只母鹿扑上前来阻止它，而小鹿就会不满地"嗷嗷"叫着，忙不迭地冲回自己的轨道上。其间，一只角没分叉的年轻雄鹿，连同一只带着两只已经长大了的幼崽的母鹿从林子里走出来散步，在旁观了这令人眩晕的游戏片刻之后，便也跳了进去，似乎对自己该怎么跑位一清二楚。只不过它们并没有玩多久，几分钟后便离群而去，嗅着湖水，沿着湖岸悠闲地来回散起步来。但很快，其中的一两头鹿便又去而复返，于是这场游戏又开始如火如荼地进行起来。当这些小家伙们沿着圆圈飞跑时，别的鹿也会加入其中，以此锻炼身体的每一块肌肉，并学习如何完美地控制自己那优雅的身体；只不过它们并没有意识到，自己的长辈们策划这场游戏是有其特殊用意的。

观看鹿群游戏时，它们某种奇特的身体构造的意义就变得一目了然了。鹿的肩膀并不依附于骨架，而是松散地嵌在肌肤以下，靠一小块精巧的弹性组织连接身体的肌肉。当鹿忽然转向改变自己的轨道时，它的身体会向前倾，幅度大得让前腿像是挂在腹部中间一样。而当它后腿向后踢时，前腿会向前伸出极远，似乎又起到了支撑脖子的作用。肩部的活动自如让鹿行动起来具备了极佳的灵活度。当它在岩石间高高跃起向前奔跑，接连不断地越过荒野中的风倒木时，落地产生的震感也能因此得到很好的缓冲。

在这场游戏的中途，也就是在我观赏了整整半个小时后，我右边的森林里传来了一阵轻微的窸窣声。当看到一头雄壮的雄鹿在灌木丛中半掩着的身体时，我立刻屏住了呼吸。在湖这一端上面的山坡上，有两三头长着美丽鹿角的大公鹿闲适地生活于此，而我也已经观察和追踪它们好几个星期了。跟母鹿、小鹿和年轻的雄鹿不一样，它们有着老鹰般的野性和猫一样的自私。它们极少在空地里露面，假如跟其他鹿在一起时受到了什么惊吓，只要一见到或闻到危险的气息，它们就会立刻跳跃着逃走。而假使是母鹿和小鹿发现了你，它们会马上跺脚，轻声鸣叫，在采取自救行动或探索险情之前提醒自己的同伴；可这几头大公鹿却会一跃而逃，要么就偷偷溜走，视你当时的接近方式而定。它们考虑到的只有自己的皮囊，完全不会顾念就在附近吃草的同伴的安危——这也是在自然状态下鹿群很少选择公鹿作为领路者的原因之一。

此时，这些大鹿身上仍带着些许夏日的怠惰，还没有开始秋日里那种狂野的奔跑。有一次，我发现它们的这种慵懒中还带着些许非同寻常的狡黠。那会儿，我是跟着一个向导来到远处的湖边钓鳟鱼，结果却发现了一只豪猪，并试着用甜巧克力赢取它的信任——顺带一提，效果不太理想——这时，向导已经走出老远了。他爬上了山脊，一心只想追随那条隐约的踪迹而去；这时，我却注意到从一边的灌木丛里传来了微弱的动静。透过望远镜，我发现了一只大公鹿的脑袋，它正从自己的藏身处机警地监视着向导的举动。那时已经是下午晚些时候了，此时大多数的鹿都在休息。这头慵懒的公鹿也许正在作着心理斗争，考虑是否有必要逃跑。向导很快就从它身边走过去了；令我吃惊的是，那头公鹿马上就地躺下，它的脑袋也随之看不见了。

我跟在向导后面走着，眼睛却没有离开那块地方。当我经过那片灌木丛时，那里没有一丝生命的迹象，但毫无疑问，那机警的老家伙正在敏锐地注视着我的一举一动。直到我走出老远，灌木丛里仍然毫无动静。于是我慢慢转身，朝它走了过去。里面传来轻微的沙沙声，那是公鹿重新站了起来。它此前显然推想我是跟着别人走远了，原本觉得没有必要站起来。接着，我听到又传来了一两下放慢的脚步声，随即那种沙沙声就又出现了，灌木丛里也传来了微弱的动静——如此微弱，以至于当时若是有风吹过，我可能就完全不会留意到了——这让我知道，公鹿此时已经悄然溜去下一个藏身地了。它在那儿转了个身，站定了，看我是否发现了它，或者我此番更改方向是否有其他的意图，抑或只是在森林里迷了路的人自然而然的徘徊而已。

那个地方在山脊靠后的地方，是大多数大公鹿在夏日里独来独往地游荡和藏身之处。不过，在远处的湖边，还有两三头不知出于什么原因偶尔会跟同伴一起出现的鹿。但它们都非常怕生，野性十足，想不带着枪猎捕它们几乎是不可能的。眼下在离我不

足二十码远的灌木丛里半露半藏着的就是这些大家伙中的一个，此时，它正在不耐烦地注视着自己的目标物。

这时，它跺了一下脚，又发出低沉的喷鼻声，这场游戏便立时结束了。只见它走到了湖岸上，整个儿完全暴露了出来。它沿着湖面望过去，因为它常看见人的独木舟在上面移动；它用鼻子嗅了嗅湖岸上的风；眼睛和鼻子则向下搜寻，那是我躺卧的地方；然后，它又警觉地扫视了一遍湖面。也许是因为它看见了我翻倒在远处水草之间的独木舟；更有可能的是，这是出于一种未知的对敌人的感觉。不管是否持枪，猎人们在捕猎时都会发现，体形较大的动物往往有这样的感觉，这会使它们焦虑不安，疑神疑鬼。就在它查看和搜寻湖面和岸上动静的当儿，其他的鹿都各自安分，谁也没有出来打搅它。空气中似有一种指令，连躲起来了的我都能感觉得到。突然，大公鹿转了个身，跑进了森林里，湖岸上的每头鹿也都立刻毅然决然、毫不犹豫地跟了过去。即便是幼小的鹿崽，也从不会因粗心而错过任何通知。此时，它们也从那头大公鹿的态度里察觉到了某种比玩耍更要紧的东西，它存在于空气之中，也许是它们此前从未留心过的。于是，它们跟在自己的母亲后面一路小跑，最终像阴影一样消隐在了正逐渐变暗的森林之中。

若干年前，我在另外一条湖上以同样的方式进行无枪狩猎时，发现了关于鹿的智慧的另外奇特一面。要知道，鹿天生对人是没有任何畏惧感的。森林里刚出生的小鹿出现在人们面前时，通常都显得活泼异常，有着强烈的好奇心；失去了母亲的小鹿会以比任何其他动物都快的速度投进人的怀抱。只要你不用突然的动作吓唬它们，不管是老鹿还是小鹿，在第一次见到你的时候都会好奇地靠近，千方百计地试图弄清你的身份。像大多数野生动物一样，它们有着敏锐的嗅觉。乍一发生什么事，它们首先信任的就是自己的鼻子，这一点跟熊和驯鹿尤为相像。最初嗅到人的气味的时候，它们通常会跑开。这倒不是因为它们知道这气味代表什么，恰恰相反，这是因为它们对空气中弥漫着的这种强烈气味感到陌生，而它们的母亲此前也没有告诉它们在这种情况下该作何反应。一有怀疑就逃跑——受母亲的影响下，胆小的野生动物似乎都会这样按鼻子的规矩办事，只不过一旦视觉或听觉出现问题时，它们的表现几乎完全相反。

猎人们对这些都已了然于心了；不过现在又有些例外了。在鹿群的一处游戏场地观察了几周以后，一个向导带着自己的妻子和小孩来到了营地。他们是去往自己的营地度过狩猎季的途中路过此地的。为了让他那喜爱动物的小家伙开心，我便带着她去看鹿群的游戏。当它们在湖岸上四处乱跑的时候，我一时起了好奇，让她从我们藏身的地方走了出去，想看看鹿群的反应。小家伙很听话，按照我的指示，一步一步慢慢地走了出去，来到鹿群中间。一开始，它们显得有些受惊；其中有两只成年的大鹿立刻绕着圈子把她包围了起来；但是，即便已经嗅到了她的气味，那种在它们的认知里可怕可畏的人的气味，它们还是大胆地靠了过去，耳朵向前竖起，富于表现力的尾巴奇拉着，全然没瞧见那种因嗅到可疑气味而显得紧张兮兮的摇摆。与此同时，小女孩在湖

岸上坐了下来，双眼圆睁，好奇地望着这些美丽的生物，但还是遵照我最初的叮咛，像个小英雄一样，安安静静，一动不动。这时，两只小花鹿已经顽皮地在她身边打起转来，而第三只更是径直向她走了过去。它鼻子和耳朵都向前探去，以此来表示自己的友好，紧接着又向后退了两步，可爱地跺起它那两只小小的前蹄来，想以此来让这个沉默的孩子动一动或开口说话；同时，它也可能是用鹿特有的方式来告诉她，友好归友好，它对她也是毫无忌惮的。

鹿群里有一头三岁大的公鹿，生了一对长势喜人的角。起初，它是唯一一头对这小小的访客表现出些许害怕的；在我看来，它的这种害怕更大程度上表达了一种怀疑，或者说，是因为同类原本集中在自己身上的注意力被他人夺走后的恼怒。秋天里的那股子狂野劲儿已经回到了它身上，从它的那份焦躁不安中就能看出来：它频繁地用自己的角去捅母鹿们，又无缘无故地撵得它们四下乱跑。这会儿，它摇晃着鹿角朝孩子走了过去，但在我看来，这并不是威胁，而只是一种姿态，是在提醒其他鹿，它仍然是这里的大角色，是举凡有事必须有所授意的莫卧儿大帝。这种不无威胁意味的举动让小女孩第一次变得紧张起来。我轻唤着示意她保持静止不动，也不必害怕，同时自己也在藏身的地方悄悄地站了起来。不过，当鹿群朝我的方向奔来时，这场小喜剧立刻就变味儿了。它们以前见过我，所以知道我的出现意味着什么。一时间，白色小旗般的耳朵在饱受惊吓的后背上纷纷立起，哨鸣般的嗷嗷声响彻天际，大鹿小鹿纷纷从最近的风倒木

上一跃而过，像群惊惶的松鸡一样，跳进和善的丛林里寻找庇护去了。

总有些人会声称，动物的生活不过是盲目的本能和习惯构成的。但是，这片湖面呈现在我眼前的场景却在等待着不同的解释。

尽管对于无枪狩猎的人来说，鹿是他们遇到的数量最多，也最为有趣的动物，但它们绝不是唯一能让猎人内心充盈，因自己的猎袋空空如也而感到高兴的动物。在同一片水域上还能见到驼鹿。在夏季，缓慢而安静地靠近它们，划着独木舟尤佳，你会发现它们对人类全无畏惧。去年夏天，我划着独木舟静静地驶在通往马塔戛蒙的水路上，忽然发现在前方细长的河道里隐约地出现了一头带着幼崽的母驼鹿的身影。我静静地观察了它一会儿，发现它进食的方式很是奇特——一会儿把丰美的水草扯出来，一会儿伸长了脖子和巨大的唇鼻，吃上满满一大口的水枫叶子，就像一个同时拥有两个苹果的男孩一样；母鹿没发现我的独木舟，但小鹿却看了个一清二楚，但它正忙着在河岸边嗅探，对我的独木舟视而不见。在观察了几分钟后，我小心翼翼地放缓船速，横穿到河道对面，然后顺水漂流而下，想看是否能在不打扰它们的情况下把船驶过去。我压低了身子坐在船里从它们身旁经过。这时，小鹿站在岸上不知在忙些什么，而母鹿还站在深水处的水草之间。当我来到和它并肩的位置上时，叫它给发现了。吃惊地看了我一会儿后，它又转回头去继续吃了起来。我把独木舟转了个方向，在它们不到十码远的下风处停了下来，关注着它们每个关键的举动。此时，小鹿距我更近了，它的母亲用一种无声的指令让它回到了自己身旁，站在远离我的那一侧，只不过这种禁令反倒激起了小家伙的好奇心。它一直躲在母亲的肚子下面向外偷看，要么就是在它的跗关节周围把头转来转去，想知道我是哪路神仙，来此有什么贵干。但无论如何，它们都没有一点儿害怕的意思，于是我慢慢把船向后退去，任由它们留在我发现它们的地方继续觅食。

与此形成鲜明对比的是第二次的相见。那是在干草湖下面一条住着河狸的河里，是一个如画家多雷笔下诸如梦境一样荒凉的地方，也是一处对于驼鹿和鹿而言极好的聚食场。那时，我正在河边钓鳟鱼，一头母驼鹿从越橘和桤木丛生的矮树丛里朝河流上方走来。于是，我停止抛垂鱼饵，在自己的独木舟上伏下了身子。它一路走来都没有发现我，直到走到距我不到二十码的地方与我并肩了为止。这时，它那巨大的脑袋无意间转到了我的方向，但仍旧若无其事地走了过来，似乎我就像河岸上众多的河狸巢之一一样，没什么大不了的。这时，在它身后十步之遥的地方出现了一头小鹿。拂在母鹿身上的树叶还没有完全掠过去，小鹿就已经把头从灌木丛中探出，朝我撞了过来。说时迟那时快，跟受惊了的鹿一样，它先是发出了一声拉长的尖叫，跳了起来，然后就一头扎进灌木丛里逃之夭夭了。母鹿转过身去，开始绕着大圈寻找它，想知道是什么让它受了如此惊吓，而我聆听着这动静。过了十分钟，我仍静静地坐在原地，忽然母鹿巨大的脑袋从灌木丛中钻了出来，正好就在方才那头小鹿消失的地方。而小鹿的脑袋正紧紧地贴着母亲身体的下面，往外探看方才那让它吓了一大跳的东西。原来，它是把母亲带回来查看情况了。此时的它无疑是在询问："那是什么东西，妈妈？是什么东西呀？"只不过，它是注定没法得到回应的声音了。它们俩在那儿停留了整整一分钟。在此期间，我们仨全都一动未动。最后，它们俩静静地离开并消失了，只有两排灌木的梢尖儿还在摇摇晃晃，颤颤巍巍，活像一条巨蛇的尾巴，透露着它们离去的行踪。也是在同一条河边，我遇见了此次探险中最雄壮的一头公鹿。那时，我正沿着河道静静地划着桨。刚转了个弯，就见独木舟的正前方突然隐隐地出现了一头黝黑的巨大公鹿。大黑鹿身体的前端是一对高高矗立于上的雄壮鹿角，是我在缅因州见过的最大的。它的脑袋剩下的部位沉在水面下，正在寻觅百合的根须。当时，我脑中出现的第一个狂喜念头便是，这对鹿角生得多大、生得多宽啊！谁要是驾着独木舟从中间那对鹿角尖儿中穿过去，没准儿都不会碰到它们。我的独木舟轻快地向前驶去，直到它的头开始显露出来，我才蹲下仔细观察起来。它离我很近，我不必使用望远镜就能把它那张大脸上变化的表情和敏锐的小眼睛看个一清二楚。很快，它就发现了我，扔掉了刚刚扯上来的百合根须。由于异常吃惊，此时它的下颌仍然大张着。它倒不是在好奇我是谁，而是不明白我到底是怎么悄无声息地出现在此地的。它朝着我的方向前进了一两步，耳朵僵直地转向前面，眼睛炯炯有神，敏锐地观察着我最轻微的动作。之后，它便优哉游哉地涉水而去，爬上了陡峭的河岸，消失在了森林里。见它没了影儿，我便紧紧地跟了上去。只见它顶着那对巨大的鹿角高高跃起，那跨过风倒木的样子就像骄傲的公鸡一样。在我追踪过的所有驼鹿之中，唯有这只的脑袋似乎沉重得令人不适。它低着头，在树干和桤木茎之间悉心地照顾着自己宽阔的角。它的那对鹿角上仍然生有茸毛，假如冒失地刮擦到了粗糙的树枝上，必然会疼痛难忍，所以它的动作必须得轻柔才行。最后，它终于意识到有人紧跟在后面，于是又转头看了我一眼。但我及时地躲到了一棵大树后面，直到听见它又开始往前走了，才又跟了出去。但谁也不知它到底是产生了被跟踪的怀疑，还是感知到了空气中那隐约含着危险气息的涡流。只见它仰起头，把自己的那对大鹿角向后搁在肩膀上——典型的驼鹿做派——跨着大得惊人的步子越过森林，飞也似的冲走了。我能想象它咬紧牙关，在敏感的角被锋利的树枝刺痛后那眯起眼睛，咕哝有声地挨疼忍痛的样子，殊不知身后令它恐惧的那家伙之所以追踪它，完全是受了兴趣的驱使。没一会儿，它便消失在了大森林的黑暗和寂静之中。

就在同一天晚上——我想应该是如此，因为我的笔记里没有变更时间或地点——我又见了这种狩猎方式的另一面，它将平和注入人人的灵魂，让人莫名地对森林动物的想法和动机产生理解。傍晚时分，在生得高高的野草的阴影下，我驶着独木舟在寂静的水面上溯流而行。这时，我耳边传来的野鸭的低叫和彼此的"谈话"声。朝着声音传来的方向，我悄悄地把独木舟划到最近的滞水湾，直到距离近得让我不敢再贸然前进一步才停住，小心翼翼地站起身来，越过草尖儿望过去。那儿聚集了足有三四十只漂亮的野鸭——至少有四到五群，每群都由一只谨慎的母鸭领头——

它们是各自在周围的池塘里孵出了雏鸭后第一次来这里相聚的。因为此后的两三天里，我注意到小野鸭们在飞来飞去，为漫长的秋日飞行做着准备。这会儿，它们来到这处被高高的野草包围着的干燥泥滩上一同嬉戏，显然是为了彼此熟悉。泥滩中央的两三丛草已经被践踏过，青草都已经倒塌了。倒下的每丛草上面都站了一只鸭子，而在它身下，还聚集着四五只显然是试着往上爬的同伴；但上面的空间很小，只能容得下一只鸭子。为此，鸭子们发出不绝于耳的嘎嘎叫声，嬉闹着争夺着那个最佳位置。显而易见，它们这是在玩游戏，因为当下面的小鸭子争着往上爬的时候，站在顶上的那只会竭尽所能地让它们待在下面。其他的鸭子一对对地从泥滩的一头跳到另一头；此时，它们显现出一种奇特的列队——或者说是赛跑方式。五六只鸭子并排出发，起初的速度很慢，但到了最后却都会向前疾冲，一头扎进对岸的草丛里。母鸭们分散地栖在游乐场边缘上的草丛上，向下观望着这场狂热而毫不设防的游戏，满意地摇着尾巴，但随即又伸长了脖子，警醒地查看和倾听着下面的动静。这些嬉闹的鸭子们把叫声压得很低，这不禁让我想起曾见过的印第安小孩玩耍的画面。有时，它们的嘎嘎叫声似有一种口技般的效果，听起来就像是从很远的地方传来的，但只要接收到来自某只警惕的母鸭的示意，这叫声就会戛然而止，只是游戏仍会照旧进行，似乎即便是在嬉戏的过程中，它们也得警惕那无处不在的瞧着和听着它们的动静好伺机捕捉它们的敌人。

为了方便看清几只离我很近却被草给挡住了的野鸭，我又站高了些。但这时，我的脚碰到了一支船桨，船桨发出了轻微的嘎吱声。随即，我就听见了一声跟其他野鸭迥然不同的叫声，所有鸭子都在原地停止了动作，把脖子伸得高高的，侧耳聆听起来。结果，一只母鸭子发现了我，于是从泥滩上飞了下来，勇敢地朝我的方向蹒跚而来。直到这时，我才意识到自己的行踪败露了。谁知这时发生了一件有趣的事，是我在群居的鸟兽身上所常见却又一直迷惑不解的：有某种信号被传递出去了，只不过这个过程无声无息，即便在这寂静异常的黄昏时分，我的耳朵也丝毫没有捕捉到任何声响。仿佛有某种脉冲被突然发送了出去，像电击似的打中了这一大群鸟中的每个成员。就在这一瞬间，每只鸭子都蹲了下来，一飞冲天；所有的翅膀都在猛烈地拍打着；整群野鸭像是从鸽子陷阱里冲出来一样同时飞了起来。它们发出嘶哑而吵闹的嘎嘎声，提醒沼泽里的所有动物注意已经近在咫尺的危险。伴随着这样的动静和振翅的声音，它们渐渐远去不见了。这时，响亮的拍打翅膀的声音从各个方向传来；麻鸭在怒气腾腾地抱怨；苍鹭牢骚不止；一头年轻的公鹿打着哨儿跳了过来；一只路过的麝鼠抽了下自己的尾巴，像颗落石一样跳进了水里。沼泽地里重又恢复了宁静，四下无声，让人无法知晓森林动物们在这个寂静的夜里都安身在了何处，又在忙着什么样的营生，寻到了什么样的乐子。

　　从前，在这条水路上是能看到北美驯鹿的，它们也是不必用枪就能抓捕到的最奇特和有趣的猎物；但就在几年前，一批蝼蛄毁掉了被流浪至此的林地驯鹿作为主要食物来源的落叶松。况且，这里的鹿群已经达到了这片区域在冬日里能给养的最大数量，它们把能吃的草也都吃光了。一点儿食物也捞不着的驯鹿只好离开此地，辗转进入了新不伦瑞克省境内，那里长着郁郁葱葱的落叶松，从雪地里还能翻出大量的荒苔来。更妙的是，驯鹿会在纽芬兰北部广袤的荒野上度过夏季，假如你在那儿追随驯鹿的踪迹，那么只要你站在山顶上向下看，就会发现这种膘肥体壮的生物遍布在这片区域的各个方向，数量能以百计。假如你一心想着追踪它们，挖掘关于它们那奇特生活方式的秘密——比如，为什么每个驯鹿群都会选择它们专属的墓地；为什么公驯鹿会用力撞空心树桩，一撞就是好几个小时——在我看来，相比较为了得到鹿的头颅而在它们那被无数代人视为神圣的迁徙之路上潜伏起来，趁它们像温顺的牛一样路过的时候把它们射倒在地，这种狩猎方式不知道要胜出多少倍。

对于不持枪的猎人而言，任何猎物都不存在禁猎期。和拥有十个鹿角叉的公鹿相比，母鹿和它的幼崽才是更好的猎物。不管在陆地还是在水面上，他随时处于备战状态；他不需要为了达到什么目的而付出劳力，除非是自主选择的；他绝不会经历失望，因为不管他的猎物是静是动，是像荒野里的乌鸦一样畏生，还是像冠蓝鸦一样有着强烈的好奇心，他总能找到铭记于心的东西，把它深藏在自己回忆的宝库里。万事万物都是撞进他渔网里的鱼；无论是天上，地下还是水里，一切都是他尽收眼底的猎物。这些猎物，有时是水蜘蛛——孩子们称其为"溜冰高手"——在水草茎之间玩着奇怪的游戏。和能随风飘荡的普通蜘蛛相比，它身上更有趣的习性更多，甚至曾一度让乔纳森·爱德华的思想发生转变，连他神论里那严厉而不惹人爱的上帝也变得忍耐而体贴起来——这样的上帝，有人称其为力量或律法，而了解他的人则称其为圣父——摇身一变，成了宇宙的公仆：要知道，不管是在荒野漫生的百合间，还是人所居住的城市，世情总有相似之处；有时是在水面上戏耍的水獭和它的幼崽，它们一发现你就钻进了水里，不一会儿又突然在你独木舟的附近冒了出来，像竖着浮起来的木头似的在水面上露出半截身体，好让自己看得更清楚些，同时又像小海豹一样呀呀有声，以此表达看见水上出现你这么个奇怪的东西后的诧异之情；有时是背着刚从蛋里孵出来的鸟雏的潜鸟妈妈，它带着孩子绕着湖边飞来飞去，让阳光晒透它们的羽毛，稍后却又带着它们一头扎进河里，让它们第一次尝到身体湿透的感觉。只不过你得跟在后头，花上好长一段时间才能找出其中的缘由；有时是熊和它的幼崽——有天下午，我花了一个多小时观察三只收集蓝莓的熊母子。起初，它们是从灌木的茎叶上面把蓝莓咬下来吃。而假如叫它们找到了一丛不大却结满了蓝莓的灌木，它们便会索性从根部把它给咬断，或是将它连根拔起，用双掌夹着灌木的茎，横放在嘴边从头到尾地把上面每一粒蓝莓都撸进嘴里，再把剩余没法吃的部分扔掉。有时它们还会用掌击打灌木，让熟透了的蓝莓像雨点似的纷纷落下。接着，它们会小心翼翼地把蓝莓聚成一堆，再狼吞虎咽地把它们一口全吃进肚子里。在找寻蓝莓树的过程里，其中的一只小熊只要一发现了什么好东西，便会暗中监视另外那只小熊的行

动。每每看到另外那个小家伙趁蓝莓被剥得一粒不剩之前呜咽着赶过去分一杯羹的样子，总会让人不自觉地联想起自己的幼年时光来。

这种狩猎方式值得称道。任由罕见的森林潜行者平安离去，人的心中会平生一种喜悦。有一句话很适合用来给无枪狩猎的人做注解："旷野和干旱之地，必然欢喜。"因为在他身上体现了圣弗朗西斯式的宽厚品行。当他离去时，留在身后的没有痛苦，没有死亡，也没有对人类的恐惧。